U0863113

人文阅读与收藏·良友文学丛书

舒乙题

原丛书主编：赵家璧

特 邀 顾 问：舒　乙　赵修慧　赵修义　赵修礼　于润琦

出 品 人：马连弟
监　　制：李晓琤
执　　行：张娟平
统　　筹：吴　晞　姚　兰
装帧设计：赵泽阳

特别鸣谢（按姓氏笔画排列）：
韦　韬　叶永和　李小林　沈龙朱　陈小滢　杨子耘
张　章　周　雯　周吉仲　舒　乙　蒋祖林　施　莲
姚　昕　俞昌实　钟　蕻　郑延顺　赵修慧
以及在版权联系过程中尚未联系到的作者或家属

特别鸣谢：
上海鲁迅纪念馆
北京鲁迅博物馆
北京大学中国语言文学系
复旦大学中国语言文学系
中国作家协会权益保障委员会

人文阅读与收藏·良友文学丛书

革命的前一幕

陈 铨 著

中国国际广播出版社

良友版《革命的前一幕》精装本封面

良友版《革命的前一幕》编号页

良友版《革命的前一幕》扉页

良友版《革命的前一幕》版权页和内文第一页

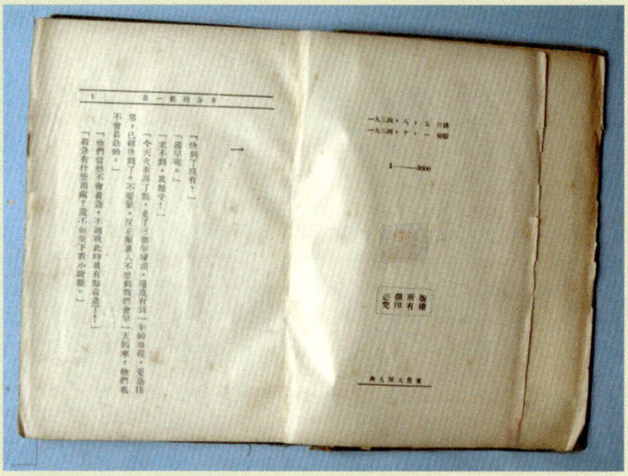

良友版《革命的前一幕》内文

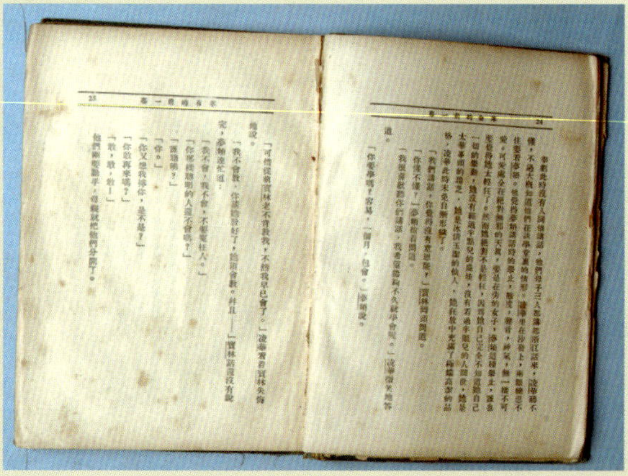

《良友文学丛书》新版出版说明

二十世纪三四十年代，著名编辑赵家璧在上海良友图书公司老板伍联德的支持下，历经十余年，陆续出版《良友文学丛书》，计四十余种。其中三十九种在上海出版，各书循序编号，后出几种则无。该套丛书以收入当时左翼及进步作家的作品为主，也选入其他各派作家作品。其中小说居多，兼及散文和文艺论著；第一号是鲁迅的译作《竖琴》。丛书一律软布面精装（亦有平装普及本），外加彩印封套，书页选用米色道林纸，售价均为大洋九角。

《良友文学丛书》选目精良，在现在看来，皆为名家名作；布面精装的装帧更是被许多爱书人誉为“有型有款”。不可否认，在装帧设计日益进步的当下，这套出版于二十世纪三四十年代的丛书外形已难称书中翘楚，但因岁月洗汰，人为毁弃，这套曾在出版史上一度“金碧辉煌”过的丛书首版已然成为新文学极其珍贵的稀见“善本”。

在《良友文学丛书》首版八十周年之际，为满足现代普通读者和图书馆对该丛书阅读与收藏的需求，我们依据《良友文学丛书》旧版进行再版（四种特大本不在其列）。本着尊重旧版原貌的原则，仅对旧版中失校之处予以订正。新版《良友文学丛书》采用简体横排的形式，以旧版书影做插图，装帧力求保持旧版风格，又满足当下读者的审美趣味。希望这一出版活动对缅怀中国出版前辈们的历史功绩和传承中国文化有所裨益，也希望广大读者多提宝贵意见和建议，以便我们把日后的工作做得更好。

《良友文学丛书》新版校订说明

一、本丛书收录原良友图书公司编辑赵家璧主编《良友文学丛书》共四十六种（四种特大本不在其列），乃为目前发现且确系良友版之全部。

二、此番印行各书，均选择《良友文学丛书》旧版作为底本，编辑内容等一律保持原貌，未予改窜删削。

三、所做校订工作，限于以下各项：

（1）将繁体字改为简体字；

（2）原作注释完全保留；

（3）尽量搜求多种印本等资料进行校勘，并对显系排印失校者在编辑中酌予订正；

（4）前后字词用法不一致处，一般不做统一纠正；

（5）给正文中提到的书籍和文章及其他作品标上书名号，原作书名写法不规范、不便添加符号者，容有空缺；

（6）书名号以外其他标点符号用法，多依从作者习惯，除个别明显排印有误者外均未予改动。

革命的前一幕　1

一

"快到了没有?"

"还早呢。"

"老不到，真难受!"

"今天火车误了点，走了三个半钟头，还没有到一半的路程，要是往常，已经快到了。不要紧，反正家里人不想到我们会早一天回来，他们也不会着急的。"

"他们当然不会着急，不过我此时真有点着急了!"

"着急有什么用处?还不如坐下看小说罢。"

凌华尽管不断地问宝林，不体贴人的火车还是慢慢地移动。他坐下把一本小说翻开，觉得毫无意思，看不上两页，又放下了。往窗外一望，已经是暮霭苍凉，晚烟四起。移时黑色笼罩了大地，天气渐渐寒冷起来。他打开手提箱，拿一件衣服穿上。车上的人，此时都静静地不作一声。宝林坐在他的对面，两眼也忽开忽合，移时竟打起鼾来。同宝林一个位子坐着的是一位面色苍白的商人。他呆呆地望着窗外出神，有时喃喃自语，不知道在说些什么。

移时宝林的头点得太低，他忽地用力往上一抬，两眼模糊地睁开，惊异地问道："什么时候了?"凌华笑道："你自己不是带着表吗?为什么还问我?"宝林拿出手巾，擦了眼睛，衣襟里掏出表来，一看，原来已经九点半了!

凌华想不一会就要到了，急急忙忙地把衣箱打开，把洋服穿上。宝林笑道："回头我们俩一块回家，他们一定以为我同一个外国人回来了，尤其是妹妹，她一定要笑死呢，她真喜欢笑!"凌华还没有穿完，听说，想了一想，连忙脱了洋服，重新开箱，取出一件白绸大褂，并且把青纱马褂也穿起来。

"你为什么又不穿洋服了呢?"宝林笑问道。

"穿起洋服，你们家里的人一定觉得我太轻浮了!"凌华正经地说道。"你父亲素来就以为我少年老成，这样一来，他对我的观念倒变坏了!"

"真老成!真老成!你也够老成了!"宝林忍不住大笑。

"你刚才提醒我，现在又来笑我，真正岂有此理!"凌华假怒道。

"好!好!你说'岂有此理'就'岂有此理'好了!你既然穿上马褂，当然是顶不'岂有此理'的了!"宝林看了凌华一眼，更忍不住大笑。

宝林笑时脸上红得像满放的桃花，酒窝深深现在两颊。凌华呆呆地看了一阵，脑子里忽然涌现出宝林妹妹的像片来，他心里暗暗地想道："怎样同他妹妹的像貌，一模一样？他妹妹不知道是不是这样笑？他说她比他还喜欢笑，这才有意思呢！"

他不住默默地想，宝林倒觉得奇怪了！

宝林一番大笑以后，一点睡意也没有了，接着同凌华说了许多关于他家里的事情。他讲他父亲是如何的勤苦节俭，每天都要到铁路局去办公，除了吃饭与晚上，没有休息的时间。他讲他母亲是如何的慈爱，爱他们兄妹好像性命一般，她本来很快活，不过自从大姊放错了人户，伤心死后，她一提起就悲伤，现在看看妹妹读书，她就讨厌了。他讲他佣妇李妈是如何样的脑筋简单，行动是如何样地慢，不过为人却忠实可靠。他讲他家乡风景是如何地美丽，就在葛岭的半山，西湖当前，一时一刻，景色都有无穷的变幻。他又讲他妹妹是如何地调皮；如何地天真；如何地聪明；如何地可爱。他形容他妹妹捣乱的样子，两人都忍不住笑。

凌华心里本来很着急，听宝林的说话，他一点也不着急了。他有时也问一两个问题，不过宝林高兴说话起来，如长江大河，滔滔不断，又能察言观色，绘影绘声，用不着什么问题，他自然能够说出句句你所要听的话。

喧嚷的声音，把他们的说话打断，原来火车已经到站了。一群搬行李的苦力，一齐拥上车来，把客人行李拖住就走。宝林叫凌华紧守住行李，等人松一点，他们才自己提着小箱子走下车来。宝林又去雇好洋车，约四十分钟后，就到葛岭。他们付了车钱，自己提着箱子，一步步踱上山去。

天色非常昏黑，已经是深夜了。回首望当前的西湖，暝朦不可见。山路两旁都是翠竹，微风阵阵吹来。宝林怕凌华看不清路，他们携着手走。

“不要紧，再几十步就到了。”宝林说。

“什么时候了？恐怕已经十二点了罢？”

“也许。你觉得疲倦了吗？”

“不。一点也不。不知道他们睡了没有？”

“也许。就睡了也没有关系。你饿了吗？”

“有一点，不过也没有关系。”

“回去叫李妈做饭好了。也许我家里有客人呢。我动身时接家信，说这阵常有客来，要是有客，他们就睡得迟了。”

不一会就到门首了。宝林去叫门，里面立刻答应道：“来了。”

屋里灯光射到门上，凌华看见一位女郎来开了门，面庞看不清楚。她立刻回头道：“三哥回来了！三哥回来了！”

凌华随着宝林进去，到东客厅把行李放下。宝林的父亲随着进来。宝林介绍道：“这就是我的同学陈君凌华。”凌华向他父亲一鞠躬。

刚才在车上山上都很凉，进屋子却热了。凌华穿起马褂，加上刚才步行上山，此刻全身发热，额上汗珠，不住地涌出。宝林的父亲连忙向他道：

“不必客气，请把马褂脱了罢。”

“不要紧，屋子里还很凉快！”凌华一面用手巾拭汗，一面说。

“这样热，不必客气！不必客气！”宝林的父亲再说。

“我早就——”宝林刚要说，被凌华看了一眼，忍住笑不说了。

凌华本来想坚持下去，经不起宝林的父亲再三的劝，窗外似乎有一种忍不住笑的声音，好像刚笑出一点，就用力把口掩住了，凌华心里着急，额上的汗珠，更出得多，他只好把马褂脱了。

“天气太热，把大褂也一齐脱了罢。”宝林的父亲再说。

“不要紧，屋子里还很凉快！”凌华用手一面拭汗，一面说。窗外似乎又有一种忍不住笑的声音，好像刚笑出一点，就用力把口掩住了。

“到我家里来，用不着客气，以后我们就好像一家人样。宝林曾经讲过你许多好处，我们都很知道你了。不必客气！不必客气！把大褂脱了罢。以后要随便一点才好，……天气真热，……好，……这才好……宝林，把陈君的衣服挂在那儿，这门上有油，发潮，恐怕弄脏了。”

大褂脱后，凌华觉得舒服多了。接着洗脸，吃茶，宝林的父亲问了几句路上的情形。

“西客厅里住的是谁？”宝林问道。

“张老伯的三姨太太。”他父亲低声道。

“来了多久？”宝林再问。

“来了两天了，她因为房子没有租好，所以暂住两三天。现在屋子已经找好了，明天下午就搬去。”

一会饭已作好，宝林同凌华吃了饭，回到东客厅来。再休息一会，他们因为太疲倦，就预备睡觉。

“叫你不要穿马褂，你一定要穿，你看多难受！”宝林笑道。

“你这个人真正岂有此理，不帮我的忙，只是笑我！”凌华假怒道。

“好，又是‘岂有此理’了！”宝林更笑得厉害。

“让你笑死，我不管！”

说到这里，窗外似乎又有一种忍不住笑的声音，好像刚笑出一点，就用力把口掩住了。

二

凌华与宝林第二天起来的时候，朝日已经铺满了窗棂，时钟已打过九下，宝林的父亲已经到车站办公去了。

“三哥起得真早！”一个女郎的笑声。

“比你早一点。”宝林在天井里回答的声音。

“才怪！我七点钟就起来，你九点钟才起来，还比我早吗？”

“这不过是今天一次罢。”

“才怪！我从来没有迟起过。”

“好，好，好！你厉害就得了！”

“呸！你骂人干吗？刚回来就骂人！”

“我一天不骂人；一天就不痛快！”

“真讨厌！”

“谁还有你讨厌？”

“三哥，老实说，你真讨厌我吗？”

“真正讨厌你！”

“真的吗?”

“真的。”

“把我气死了!”

“不要气，好妹妹，我不讨厌你，我喜欢你，我顶喜欢你。”

“我不信，你老是……”

说到这里，凌华掀帘走出来道：“宝林，你起来好久了? 我一点也不知道。”宝林答道：“我刚起来一会，你为什么不再睡一会呢? 现在还早呢。”凌华笑道：“还早吗? 别人已经笑你迟了!”

凌华说完这句话，回头过来望着女郎对宝林道：“这就是二妹吗?”宝林道：“是的，这就是我的梦频妹妹。”

凌华向她点一点头，梦频倚着她三哥也略略点一点头。宝林道：“这就是陈君——”梦频说她早就知道了。说完了微笑了一笑。

她笑的时候，脸色如鲜艳的桃花，酒窝深深地现在两颊，凌华看得呆了，“奇怪，怎么两兄妹一模一样!”凌华心里不断地想。

外貌虽然是一样，然而仔细看来，究竟也有不同的地方。第一就是神气的不同：宝林笑起来只是活泼，梦频却妩媚了，宝林是闹玩，梦频却娇憨了。

第二是大小不同：宝林面庞比较阔大，肌肉也丰满一些，梦频却娇小清削一点，因此更显出美丽动人怜的样子来。

凌华正在那里呆想，梦频却跑到厨房里去了。移时，李妈把早餐摆好，梦频来叫他两人吃饭。凌华进饭厅，看见桌上摆了七八碟菜，两碗火腿面。两人坐下，梦频却立在门边，肩倚着门，两手把辫发上的绾发拿下来，把她的发，理了又理。

“说是不客气，你们为什么又客气起来?”凌华指着桌上的东西道：“你看，做了这么多菜！要是这样下去，我真不好意思久住了。我们本来说好了不客气的。我希望到你家如像到我自己家里一样，一点东西也不要增加，一件事也不要特别预备，这样才自然。”

宝林道：“我本来叫她们不要预备，她们要预备，我有什么办法呢？并且这本来也就不算特别预备，这几天我家里有客，你是知道的，以后我们一桌吃饭就好了。”

“你那客人是一个什么样的人?”凌华问道。

“张老伯的三姨太太。”

“张老伯是谁?”

“他叫张鸣芳，是现任沪杭甬铁路局长，因为他从前与我父亲同学，常到我家往来，所以我们都叫他张老伯。他抽一口烂烟，讨三个姨太太，第三个姨太太现在就住在我们家里，也一样地抽大烟。每天抽到晚上三点后才睡觉，白天睡到三点后才起来，现在她正在睡觉呢。本来——”

“二妹你为什么不坐?”凌华看见梦频老立在门边，头发已经理好，绾上，不满意，取下来，再理。

“我用不着坐。”她低头看着发答应。

“你也吃一点，好不好?”凌华大胆地问一句。

“我吗?我早就吃过了。”她仍然低着头答应。

宝林正说得兴高采烈，被他们把话打断了，心里感觉得有点不舒服，向凌华道：“不要理她，她姓‘站’，她可以站三天三夜。她又姓‘饿’，她可以饿七天七晚。她又姓——”

话还没有说完，梦频跑过来，用手轻轻拧着他的嘴道：“还姓什么呢?还姓什么呢?你说!你快说!”

“还姓徐，难道你不是姓徐吗?难道你不是徐梦频吗?”宝林一点不在乎地说。

“你信不信?我拧你。”

“你拧好了，我一点也不在乎。”

“谁拧你，我才不拧呢。”

“那顶好了。妹妹，你坐下好不好?”

“也好。”

宝林把凳子让出一半来，让梦频坐下，不待凌华问，他又继续讲张老伯。

“本来像三姨太太这样的人，论理不应该留她在家里住的，不过父亲同张鸣芳从前是好朋友，现在又在他手下办事，所以当然不好意思说什么。你知道好朋友是没有办法的。”

“是呀，好朋友呀！你们也是好朋友呀！”梦频笑说道。

“谁是好朋友？”宝林问道。

“你同他。”

“我们不是好朋友，你同孙碧芳才是好朋友。”

“才怪！她不过同我相熟一点就是了，哪里比得上你们？你看你每次回家讲了多少陈凌华？开口陈凌华，闭口陈凌华，有一晚上做梦都叫起陈凌华了！你看！你看！多么好的朋友！”

凌华本来呆呆地望着梦频，她讲话时一种天然妩媚的态度，使他神移，尤其是她的笑，使他心醉。梦频这样一说，他觉得有点不好意思，不敢再看她了。他听宝林继续说道：

“不要说我常讲凌华，你要是听见凌华讲衡山，你更不知道要怎么样呢？”

“衡山是谁？”

“衡山是凌华的好朋友——不单是好朋友，而且是凌华最佩服的朋友。”

“为什么佩服他？”

“因为他聪明到极点，什么学问都不错，英、法、德、意、拉丁、希腊各国文字都通，科学、数学、美术、音乐都擅长。他十六岁就随父亲到英国，他父亲是驻英公使。他二十四岁就在伦敦大学得博士学位。以后又到巴黎、柏林，再到美国。去年回中国，作北京大学的教授。”

“凌华同他是同乡吗？”

“是同乡。真想不到贵州那样偏僻的地方，居然会出这样的人物。凌华同他，从小就相好，凌华非常佩服他，不断地讲他。”

“讲他太多你不高兴，是不是？”

“瞎说！谁不高兴？我讲凌华太多，你才不高兴呢！”

“你想我再拧你，是不是？”

“你拧好了，没有关系。”

梦频这次却真不客气地拧起来，宝林高声叫痛，梦频一转身就不见了。

三

宝林的屋子，正在葛岭的山腰。由山脚到门首，都是青翠的细竹，与茂密的树林。门首左边有一个小亭，中间有几条石凳，一张石桌。亭后有一株古松，夭蟜如龙，枝干弯曲，刚好覆着亭子。由亭上望西湖，风景佳绝。白堤当前成一字形，苏堤把西湖划成很大的两半。湖心亭，三潭印月，都懒卧湖中。湖上的小舟像小小落叶，轻浮水面。南高峰、北高峰亭亭玉立，俯视湖心。雷峰塔在对面山脚，每当夕阳西下，峰横塔影，尤增加湖山无限的美丽。

进门就是一个天井，中有一个花缸，缸中石山生满了青翠欲滴的青苔，几只金鱼，有时浮到水面。还有几盆花草。西边一根槐树。屋子成| |字形，两旁是东西客厅，中间是大客厅，东一间寝室。客厅两旁每边有四间小屋。东边前排两间是寝室，后排两间放行李；西边前排两间一间作饭厅，一间作李妈寝室，后排两间一间作

厨房，一间堆粮食煤炭等零碎东西。

宝林与凌华两人是住在东客厅，说是客厅其实就是一间书房。堆了几书架的书籍，及他们兄妹历年在学校的教科书，笔记本等等，尤其是宝林已死的大姊、留美的大哥的东西，样样都保存着的。本来只有一张大床，一张书桌，因为凌华来，新铺了一张床，再添上一张书桌。屋中还有两张藤椅，一张沙发，沙发上的白布套，老套不牢，坐下去一会就换位置了。梦频总是说她“看不顺眼”，不断地去把它铺好，到后来凌华简直不敢多坐那张沙发。

他们早餐后在大客厅里，休息一会。大客厅里的陈设，讲究多了。四张簇新的沙发，地板上，铺着地毡，中间一张檀木桌，壁下悬挂了一些名人的字画，其中有一副对联，说是董其昌的亲笔。

“说起这副对联真有趣，”宝林道：“前一次我一位姓张的老表来，他说这副对联的字写得真不坏，这是‘童共昌’的亲笔。我们听见‘童共昌’，我们知道他认错了字，都大笑起来。要是别人我们也不会笑，不过他这个人是一点也不在乎的。他什么事都是麻麻糊糊的，连他父亲这时正关在北京监狱里，他还从从容容地跑到上海来玩呢！在上海时我星期日遇着他两次，他都说要回北京，到现在已经两个多月还没有回去。”

“他进学校没有？”

“他住北京大学，读了九年多还没有毕业，你说好笑不好笑！”

“三哥，谁好笑?”这是梦频的声音，移时她同她母亲进来。凌华连忙站起来，宝林又介绍了，凌华向他母亲一鞠躬。他母亲身体异常的胖，还没有梦频高，面目慈祥，未说先笑。她对凌华说了好些话，凌华却听不懂。

正在没有办法的时候，梦频笑道：“三哥，你作作翻译罢，母亲不会讲官话。”宝林道：“你的官话讲得好，你翻译好了。”两人闹了一阵，梦频最后说道：“母亲问你吃的东西好不好吃?”

“很好，很好!”凌华连说道。

“母亲请你不要客气，好像在自己家里一样。”梦频继续翻译道。

“很好，很好!”凌华不住地呆望着梦频，想不出什么旁的话来了。

“母亲说你要吃什么东西，尽管告诉她。”

“很好，很——”凌华仍然痴痴地望着梦频，讲到最后一个字，他忽然觉得太奇怪了，脸上有点发热。

“母亲说你顶好不要客气，不要只说‘很好’‘很好’。”梦频忍住笑说。

“很——”凌华脸更热了，半晌说不出话来，仍然呆望着梦频。

“很好，很好，是不是?”梦频说罢狂笑起来。

母亲莫明其妙，也随着笑，梦频看见母亲笑，倒在母亲身上，双手抱住母亲的颈项，更笑个不止。凌华的脸，热到一百二十度了！

“妹妹真讨厌，你信不信我拧你？”宝林道。

“你拧，你拧，我不信！”梦频娇憨地说。

宝林过来拧着脸，梦频也用手拧住他的脸。

“我们说好一二三，一齐来，谁也不准先动手。”梦频笑道。

“来，来，来！一——二——三！”

“呵呀！”

“呵呀！”

两人差不多同时叫。母亲把梦频的脸不住地抚摩，问她疼不疼？梦频把眼闭着道：“叫来玩的，谁真正疼呢？”

凌华在旁边看得更呆了！

幸亏此时没有人同他讲话，他们母子三人都讲起浙江话来，凌华听不懂，不过大概知道他们在谈学堂里的情形。凌华坐在沙发上，两眼总忍不住要看梦频。他觉得梦频讲话时的举止，态度，声音，神气，无一样不可爱。可爱处全在绝对无邪的天真，要是在旁的女子，梦频这种举止，谁也要觉得她太轻狂了。然而她绝对不是轻狂，因为她自己完全不知道她自己一切的举动，她没有经过半点儿的尘埃，没有看过半眼儿的人间世，她是太华峰头的琼芝，她是冰清玉洁的仙人，她狂放中充满了极端高洁的品格，凌华此时未免自惭形秽了。

“我们讲话，你觉得没有意思罢?”宝林回头问道。

“你懂不懂?”梦频抢着问道。

“我很喜欢听你们讲话，我希望能够不久就学会呢。”凌华微笑地答道。

“你要学吗?容易，一个月，包会。”梦频说。

“可惜从前宝林老不肯教我，不然我早已会了。”凌华看着宝林失悔地说。

“我不会教，你请她教好了，她顶会教。并且——”宝林话还没有说完，梦频连忙道：

“我不会，我不会，不要冤枉人。”

“你那样聪明的人还不会吗?”

“谁聪明?”

“你。”

“你又想我拧你，是不是?”

“你敢再来吗?”

“敢，敢，敢!”

他们刚要动手，母亲就把他们分开了。

四

从那一天起以后，凌华真的用心学起浙江话来。凌华资质本来就聪明，不上十几天，他居然能听得懂他们家人谈话的大概了。

他们每天照例是早上九点钟或八点半才起来，因为宝林的母亲爱惜儿子，每逢假期回来，总是要叫他们多睡，说是多睡了身体才好，要是早起她一定生气，宝林所以只好顺从她。这次凌华当然也不能例外。宝林父亲八点多钟就去上班，所以等他们二人起来，父亲早已出去了。

吃完早餐以后，因为天气太热，也不便出去游历，多半在西客厅，有时到大客厅里去读书，间或还到户外小亭去，那里极凉爽，远望也极美丽。他们读书或谈话的时候，梦频总是不断地来找三哥。她也没有什么事情，不过她总不少事情。有时宝林假装不理她，让她问问题，他仍然看他的书。等她问了两三遍后，他才抬头问道：“你在说什么呢？”梦频佯作生气的样子，不讲话。但是宝林又把眼光回到书上去。梦频此时不是跑去拧脸，就是气跑了。但是去不了二分钟，又跑回来。

十二点半左右，她父亲回家，也正是他们午餐的时候。午餐后她父亲因办公疲倦就去睡觉去了。到二点后他又到车站去。

午后凌华宝林多半是出外游历，十几天以后重要地方，差不多都游遍了。如像岳王墓前的秦桧，苏小墓边的题诗，断桥残雪上的大马路，灵隐天竺的进香庙会，法相寺的肉身，康有为的庄子，他们都一一去过。他们还到雷峰塔下去徘徊，上南高峰、北高峰去远望，到龙井去吃茶，上城隍山去望之江。至于西湖的掌故，如何济公禅师要吃水，忽然跑出一只猛虎，用爪掘出一股清泉，成了现今的虎跑泉，如何由神运井里抽出千章木料建筑了净慈寺……等等，凌华也听得烂熟了。

自从那位张三姨太太第二天搬走以后，凌华每餐都与他们一家人共食。起初他们还同他客气，不时敬他的菜，劝他多吃饭，到后来彼此都渐次相熟，也就不管了，吃饭的时候，梦频宝林因为在父亲面前，不敢多讲话，凌华却高谈阔论起来。宝林的父亲从前见过凌华作的文章，听过宝林讲了许多关系他的话，对他的印象本来就很好，相处久了以后，他越是喜欢他。回家有工夫总得同他谈。他本来不喜欢讲话，不过对凌华话却变得多了。

虽然他喜欢谈，吃完晚饭后不到半个钟头，他就要去睡，因为办公太疲倦的原故。他睡以后，宝林凌华梦频母亲四人都把藤椅抬到天井里乘凉。这种时候，是他们最快活的时候，尤其是凌华，心中有一种说不出的高兴，他觉得全部心灵好像都得着了寄放的地方。

凌华与宝林母亲，现在也熟习了。凌华现在居然可以同她直接谈话。有一天午后梦频去找孙碧芳，宝林也到旗闸去买东西去了，就剩下他两人在家。

“陈先生，你要不要吃点心，恐怕饿了罢?”宝林的母亲问道。

“不，谢谢!”凌华恭敬地回答。

“我们的点心作得不好，恐怕赶不上学校的。”

“哦！作得好极了！学校的算什么?并且学校就没有点心吃。”

“陈先生，你喜欢吃甜的元宵还是咸的元宵?”

“随便都可以，你作得真好。”

“你客气，好什么?”

“不是客气，真的好吃。我从前在家里，母亲也常作与我吃，不过现在已经七年多了。”凌华说着，心里不免有点凄凉。宝林母亲接着问了他许多关于他家乡的事情，凌华一一的告诉她。他说他父亲已经七十岁了，精神还很康健，惟有母亲常生病，他极不放心。他本来有一个妹妹，又聪明，又美丽，母亲爱得什么样，可惜前两年得吐血病死了。凌华说到他妹妹死，心里更感觉悲哀。

不过他忽然恐怕因为他谈妹妹死，引起宝林母亲回想到自己大女儿死，悲伤起来，急忙振作精神，笑说道：

“我现在是没有妹妹的人了，我叫梦频作妹妹好不好?”

“好极了！好极了！哈！哈!”宝林的母亲不觉大笑。

“二妹真聪明，性情真好。”凌华说道。

“她不聪明，她姐姐才聪明呢。可惜从前他父亲不小心，放错了人户，她就病了，怎样也医不好，后来——”宝林的母亲声音有点哽咽起来。

“我知道了，宝林同我谈过好几次。”凌华急忙把她的话截住，但是已经不行了。

“她死以后，我没有从前那样快活了。从前我从不出去，现在有时我也出去打打牌。尤其是开学以后，宝林到上海明华大学去了，梦频又上第一女子师范学校去了，他父亲又去办公，我寂寞得难受。要是她大姊在就好了！但是，但是!”宝林的母亲不免又伤感。

“你们家里人确是太少了，再隔四年，那时候大哥从美国回来娶亲了，又隔两年宝林也从美国回来也有家室了，梦频也有人户了，那时七八个孙子围绕着你，你才快活呢！只怕你这个屋子太小，住不下。”

“呵，太小，不错，太小!”宝林的母亲渐次高兴起来。“我们须得另外租屋子。”

“我想用不着另外租，再培修几间就好了，有的是空地。这里风景多么好！”凌华更鼓励地说。

“对呀！此地也很好呀！”

“他大哥订婚没有？”

“大哥一天到晚读书，全不管，宝林今年才十七，梦频才十六还早得很呢。我想越迟越好，现在我简直不理他们婚姻的事情。”

“不理也不是办法，我想还是应该时常留心，不过十分郑重就是了。”

“但是我想目前还是不管的好，一错真是失悔不转来。”

凌华不知不觉地沈默了好一会。

“陈先生，你订婚了没有？”

“没有！没有！真正是没有！我从来就不想订婚的，此时正是读书的时候，管它做什么？——不过，不过，人也不容易找，你知道——我也——我也常常留心，——不过——不过——你知道——这个——事体——很不容易订的。”凌华此时自己也不知道自己说些什么了！

“是呀！很不容易呀！我想迟一点也不坏。”

“但是——”

“但是什么？”

“娘，娘，三哥同我回来了！”这是梦频的声音。

母亲急忙出去开门。

五

盈盈欲滴的月光，银化了漾漾横波的西湖。四围的山峰，都如粉装玉琢。苏堤变作一根美人腰带，把西子轻轻系住。雷峰塔矗立湖侧，看尽了人世，多少的兴亡？湖中小舟上下，歌声清裂。

凌华立在葛岭峰头，极目四顾，他仿佛自身已经消融在无尘的玉宇中了。

这样沉醉状态，他让他经过了许久，然后才慢慢地回复过来。

“凌华，我到处找不见，原来你却偷跑到这里来作诗了。”宝林笑着走上山来。

“谁作诗？我不过玩玩而已。你看月光多么好！西湖真可爱，我真愿意长住在西湖！”

“长住在西湖那还不容易吗？将来你到我家里来住好了。”

“真的吗？宝林。”

“谁同你说假话？”

“二妹睡了没有？”

“睡了，她今天身体不舒服，有点发热，不过不要紧，明天就好了。”

“呵！大概是招凉罢，昨晚下半夜，天气忽然变凉了，我从睡梦中冷醒。”

“也许。”

“你二妹真聪明，性情真好！”

“也许。我想起一件好笑的事情！去年张老表，就是上次我所说的那位‘童共昌’先生，要来替二妹作媒，说是一家姓韩的。他大吹特吹，说家财是如何如何地好，人品是如何如何地妙，学问是如何地出众，性情是如何地大方，尤其是顶难得的，就是他的曾祖父同张老表的祖父张文愍公都是清朝的显宦。母亲对于张老表的话素来就相信的。一阵大吹特吹，把母亲说动了。后来——”

“后来怎么样？”凌华着急地问道。

“后来已经快订婚了。幸亏——”

“幸亏什么？”凌华更着急地问。

“幸亏我打听出来，韩家这个子弟在上海大同大学读书。一天到晚只知道逛窑子，打牌，吃酒，一年要用二千多块钱。家里只有一个母亲，异常地溺爱他，听他胡吃。家业已经渐次不能支持了。我急忙写信回家，详细告诉一切情形，婚事立刻作为罢论了。”

“真危险！真危险！”凌华连连地说，此时心才放下。

“母亲自从经了那次欺骗以后，有人提起妹妹的婚事，她就害怕得要命，总是说不用忙，迟一点好。”

“现在简直不提了吗？”

“简直不愿意提了。”

凌华不知不觉地沈默了好一会。

“夜深了，我们回去罢。”宝林说道。

他们披了满身的明月，一步步地慢慢踱下山来。

六

第二天早餐后，宝林有事到杭州城去了。凌华拿一本书到大客厅里去看。他躺在沙发上，一页一页地慢慢读去。忽然门帘掀起，梦频拿着一盒珠子针线走进来。

“呵，原来你在这儿！你没有同三哥出去吗？”梦频说道。

“三哥有事到城里去了。听说二妹不舒服，现在好了没有？”凌华连忙立起身来。

“不过招了一点凉，不算什么。”梦频一面答，一面在对面沙发上坐下。

梦频今天面色有点苍白，穿一件白布衣服，下系着淡绿绉裙子，如像万绿丛中的白荷，亭亭玉立。她把珠盒针线放下，把发辫拿到胸前，绾发取下，不断地理了又理。理好了，不满意，又取下，再理。凌华坐下呆呆地望着，屋中一时沈寂起来。

“你老看着我干吗？”梦频忽然抬头说道。说完笑了一笑。

“你真像你三哥。”凌华勉强回答，脸上有点发热。

“才怪!”

“你还像你母亲。你们三人都很相像，不过你顶像你三哥。”

“才怪！三哥也许像我!”梦频调皮地讲。

“反正是一样。是不是?”

“才怪!”

“我老在你们家里住，你讨不讨厌?”

“我这个人本来就很讨厌，你看三哥多讨厌我!”

“不是！我问你讨不讨厌我?”

“我吗？不知道。”

“那一定是讨厌我了！怎么办?”

“何以见得我讨厌你?”

“这还不容易懂吗？你同三哥多么好！我来了，你们讲话谈笑都不方便，当然是讨厌我。”

“呵！呵！我明白了。原来你们两位好朋友讲话不方便，讨厌我来阻挠你，是不是？以后我不来好了。”梦频说着把绾发又取下来，忍笑低头再理。

“二妹真会冤枉人。你同孙碧芳才是好朋友呢。只看那天来时，你同她谈得多么亲热！后来她要走了，你送她出门，宝林在东客厅里高声叫‘好朋友’‘好朋友’，把你们叫得怪不好意思的。孙碧芳回头看见宝林，立刻就脸红了。”

“才怪！”

“宝林说他同孙碧芳从前小的时候很要好，现在大了，她不理他了，真的吗？”

“才怪！当着人不理他，背着人就理他。你看自从宝林回家后，已经去找她五次了。今天大概又是去找她去了。”

“那么孙碧芳不但是你的好朋友，也是宝林的好朋友了。”

“才——你同宝林才是好朋友。”

“好，好，好！我们都是好朋友，你也是我的好朋友！”

“我吗？够不上。我是天地间最笨最无用的人。”

“我也是天地间最笨最无用的人。”

“才怪！你看父亲上次回你父亲的信讲得多么好？‘聪明好学，少年老成……对国家社会定有贡献……可喜可贺……’”

“不要讲了罢，二妹，讲得人真难受！二妹，我是顶不长于讲话的人，要是有什么得罪你的地方，请你千万要原谅我，二妹，好不好？”

“我很奇怪，不知道你为什么老怕得罪了我，得罪了我们这些小人物，有什么关系？”

“二妹，我老实讲罢。”凌华此时面上现出十二万分诚恳的态度。“我佩服你佩服到极点了！我也曾经遇着个好些人，但是从来没有像二妹这样好的人。我生性孤介，不容易佩服一个人，不过我对你真是——真是佩服极了。”

“你在笑我，是不是！”

“真的，千真万真的！”凌华用力地说。

“我总有点不相信。”

“你总有一天会相信我，总有一天知道我的真心就是了！”

忽然听着敲门的声音，梦频急忙去开门。一位三十岁左右的人一只手里提着一个箱子走进客厅来。第一件映入凌华眼帘的东西就是他宽大突出的额角，几乎占了全脑袋的三分之一。小圆的眼睛，偷偷地躲在额角下边。鼻子本来很大，不过既然有了额先生在上面，相形之下，也就“渺乎小矣”了。满脸满嘴的“闹腮胡”，一根根竖立，活像大闹五台山的鲁智深，然而华丝葛的大褂，羽纱的马褂，文绉绉的步伐，手摇的折扇又显出他是一位文墨中人。他把手提箱放下，折扇摇了两摇，连声叫热。回头看见凌华，凌华向他点一点头。

“请教贵姓？”他恭敬地问道。

“贱姓陈。”凌华恭敬地答。

“贵省是？”他再恭敬地问。

“敝省是贵州。”凌华再恭敬地答。

“令尊大人很好罢。”他更恭敬地问。

“家严很好。”凌华也更恭敬地答，心里觉得有点奇怪。

“来此地多久了?”

“大概有一个多月了。”

“西湖风景不坏罢?”

“好极了!”

“西湖本不错，从前先祖张文愍公作浙江巡抚的时候，他就非常喜欢逛西湖。现在你到三潭印月的壁上，还看得见他石刻的题诗。他这种人真是非同小可，只消看‘张文愍公’四字，就可以想见他为人。他那时办了好些学堂，那才真算办教育，现在这些办教育的算什么东西?十几岁的中学生，一天到晚都在讲东西文化，你说糟不糟?”

“很糟!很糟!”

一会李妈打水进来，他连忙脱了马褂，把手巾拿起，头放在盆里，——其实可以说把额放在盆里——大洗特洗起来。凌华一看盆里，不由得暗暗叫苦，原来李妈把手巾弄错，刚刚把凌华的手巾给他洗了!

他在盆里洗了两下，把满额满腮都浸透了，然后俯首把手巾挤干在脸上一擦——其实可以说是在额上一擦。隔手巾把鼻子捏住，用力一喷，一根又长又黄的冕旒立刻就突如其来，把手巾摆满了一团。凌华赶快把眼光回到书上，不敢再看。

一会脸洗完了。他把手提箱打开拿出两个月饼匣子来。叫李妈拿进去，说是他的礼物。

把箱子关好，他又把马褂穿上，恭恭敬敬坐下，把折扇猛力地扇，连声叫热。凌华回想起他第一晚穿马褂受窘的情形，不由地要大笑出来，可是他用力把口掩住了！

移时宝林回来，进门看见客人，马上就问道：“张老表几时来的？”

“刚到一会。”他起立答应，折扇摇了两摇。

“对不起，有点事我一早就出去了，失迎得很。”宝林抱歉道。

“好说，好说！今天天气真热，火车上难受极了。”张老表说着，把折扇又摇了几摇。

“天气真热。老表请脱马褂罢，不必客气。”

“不要紧，屋子里还很凉快。”张老表手不停地挥扇。

“脱，脱，脱！客气干吗？”

宝林终于强迫他脱了。

“大褂也宽了。”

“呵，不必，不必！屋子里很凉快。”

凌华此时书真看不下去了，抬头瞅了宝林一眼。移时宝林领着他提着行李到西客厅去了。

隔一会梦频进来，凌华问道：“这就是你们上次谈的北京张老表吗？”

梦频忍笑道：“对了，就是鼎鼎大名的‘童共昌’！”

七

张老表来了以后，凌华的生活一方面增加了不少的痛苦，一方面却也增加了不少的快活。感觉到痛苦的，是他同宝林梦频不能像从前那样的自由谈笑了。宝林自然不能不费些精神去招待他，梦频也不常出来。

有时宝林出去了，凌华又不能不陪伴他。凌华有时想起前几天与宝林梦频三人相聚的快乐，恨不得一拳把张老表的大额打成两半，退一步至少得一脚把他从葛岭踢到雷峰塔边，才能稍减他心中的抑郁。

然而这种心情，并不是时常如此的，更不是永久如此的。造物生人，多少总给他一点特长，张老表既然是两足直立的东西，当然不能例外。

同他接触，最初令人特别注意的东西，当然是他的大额，不过相处久一点，好像也就认为当然，觉得张老表这样的人，应该有张老表这样的额，没有什么奇怪可笑了。其次令人特别注意的自然是他满嘴的“闹腮胡”，然而无论怪到什么地步，“闹腮胡”究竟也是一件平常的东西。用不着多久，当然更觉得张老表这样的人，应该有张老表这样的“闹腮胡”，要没有“闹腮胡”而有关云长红脸上的美髯，或者曹孟德潼关割断的短胡，倒牛头不对马嘴了。

最令人难受的也许是他常喷出来“颀而长兮”的鼻涕，然而若是把“入鲍鱼之肆久而不闻其臭”的公式推绎起来，相处既久，自然也不迟疑地认为当然，而且进一步觉得像张老表这样的人，绝对应该有张老表这样“颀而长兮”的鼻涕，不然与“大额先生”，“闹腮胡”阁下，不能三分天下，鼎足而立，何以成其为张老表呢？

要是同张老表接近，只有这三道难关，要渡过已经不是很困难的事情，——至少决不会像关云长过五关斩六将那样地费劲——更兼他恭敬的性情，渊博的学问，滔滔不绝的口才，满不在乎的态度，充满了快乐的脑筋，处处足以令人肃然起敬，乐在其中，喜欢同他接近，自然不是可惊异的事情了。

凌华起初极端讨厌他，后来觉得还可以对付，一星期以后，他非常之喜欢他了。每天常常同他谈，张老表更是思如泉涌，妙趣横生。他顶喜欢谈他先祖张文愍公的生平，和他同他妻子许婉英恋爱的经过。

“一个人最快活的是发生了爱情，然而最痛苦的也是发生了爱情，”张老表有一次讲到他恋爱的经过，不禁感慨道："不但在未亲密以前，要受许多的痛苦，在既亲密以后，还要受更厉害的痛苦。痛苦与爱情好像是永远分不开的。"

"既亲密以后，当然很快活了，还会有什么更厉害的痛苦呢？"凌华不相信地问道。

"因为在没有亲密以前，彼此的要求并不苛刻。对方稍为有一点长处，马上就欣羡；对方允许一两件平常的要求，马上就高兴。到了彼此亲密以后，对方的长处，都渐渐视为当然，平平无奇了，答应平常的要求，也以为应当，无所动于中了。加以此时彼此心中都怀着许多的预料：这一个以为她是我的恋人，她应当如何如何地对待我；那一个以为他是我的情人，他应当如何如何地体贴我。所以往往因为一点小事，对方毫未觉察，而此方因为预料未曾实现，心中就不免怀疑痛苦起来。这种怀疑痛苦，并不是爱情不真，乃是爱情到了极高点的时候的当然表现。"

"你的话讲得真妙，你出来这样久不回家，尊夫人不知道怀疑痛苦到什么地步了！"凌华调皮道。

"婉英现在小孩已经生了两个，我们彼此的爱情，早已经超过浪漫的时期了。并且她衡山哥哥常来我家，婉英也不感觉寂寞，我无论在外面住多久，都没有关系的。"

"你说衡山吗？那一个衡山？"凌华连忙问道。"就是许衡山，北京大学有名的教授。”

“呵，原来你就是衡山的妹夫？”凌华惊异道。

“当然是。”

“我起初只听说衡山的妹子到北京女子高师读书，后来又听说与一位姓张的结婚了，原来就是你吗？奇怪！宝林何以不先告诉我？”

“宝林家里的人只知道我同许婉英女士结婚，却不知道许衡山。我两次南来，都没有同他们谈过。”

“是的，是的，我想宝林一定不知道。”

八

一星期以后，张老表动身回上海去了。

他去以后，宝林家中顿时寂静了许多。凌华宝林现在也不常出去游玩了，一来是因为天气太热；再者凌华来了一个多月，西湖重要名胜的地方都通通游览遍了。每天他们都在家中，有时看书，有时谈话，有时还习习小字楷。凌华的字写得很好，梦频喜欢看他写字，凌华看见她喜欢，也就不断地每天写。宝林却喜欢化学，一天到晚都是轻二养一闹不清楚。梦频特别地喜欢代数，一天工夫，一支铅笔，一个练习本，是她惟一的消遣品。宝林的母亲有时来同他们谈谈，不过家里一切零星事情，都得由她管理，所以没有多少工夫。有时看见他们都在读书，更不来扰乱他们了。

“你看她又演代数题了，真是一个‘代数迷’！”宝林笑指着他妹妹说。

“才怪！你才是‘化学迷’呢。”梦频答道。

“那么凌华是什么迷呢?”宝林问道。

“凌华是‘宝林迷’!”梦频说完，笑倒在沙发上了!

“什么呢?”宝林追问。

“我说凌华是‘宝林迷’! 只看他一天到晚不断地叫‘宝林’，‘宝林’，至少有一百声!”梦频坐起来捧着肚子笑。

“瞎说! 他不是‘宝林迷’，他是‘梦频迷’，或者是‘二妹迷’! 他不是说他顶佩服你吗? 这是你亲口对我说的。”

凌华心里不觉惊怕，难道梦频已经把他上次谈话，通通告诉宝林了吗?

“三哥你老这样瞎说干吗?”梦频脸红红地道。

“你先就瞎说，我不过说你亲口讲的话，怎么叫瞎说?”

“你想我拧你，是不是?”

“想，想，想!”

“凌华，来，帮我的忙，”梦频回头对凌华说，“你拧住左边的脸，我拧住右边的脸，……好了! 说好了，一齐来! 现在不要动! ……三哥，你怕不怕?”

“不怕! 不怕! 怕的不是好汉!”宝林闭着眼睛说。

“好极了! 一——二——三。”

“呵呀!”

他们两人左右一拉，把宝林的嘴，拉得有鲢鱼那样大。宝林登时大叫起来！他两人都笑倒了！

“你们两个真不是好人。总有一天，你们会落在我手里。你们两人真是一样地坏。你们佩服你们的好了，关我什么事？却拼命来拧我！我起初以为梦频一人坏，原来凌华已经被她教坏了。”

“谁教他？”梦频红着脸问。

“你教他。”

“我什么时候教他？”

“你以为我不知道吗？在小亭上，在初阳台，在大客厅里，你们谈的话我都听见了！你送他的像片，我也看见了！”

“三哥，你再乱说，我告母亲去！”

“我不怕！”

“我真去！”

“去好了。谁也没有拦住你！”

梦频满脸绯红，一溜烟跑出去了。

“宝林，怎么办？她真去告诉母亲去了！”凌华着急地说。

“要不了十分钟，她就会转来，她骗人的，你信她干吗？”

虽然宝林这样说，凌华心里总有点不放心。他坐一会，无聊，把书翻开，看不下去，闭上，无聊，又翻开，仍然读不进去。他抬头一看董其昌写的对联，忽然想起

张老表来。对宝林道:

“宝林,你说奇不奇怪?原来张老表就是许衡山的妹夫!”

“哦!对了!我正要告诉你,昨晚我同父亲谈话,他才对我说。张老表以前来几次都没有讲到许衡山,只讲他同许婉英是如何如何的好,还有他发明的爱的哲学,什么彼此要怀疑才是真爱情呵!什么不痛苦不快活呵!什么戏剧人生观呵!老是那一套,听得人都讨厌了!”

“我很奇怪许婉英何以会爱上他,那样丑的一个人!”

“他人虽然丑,心地却忠实可靠。听说许婉英曾经错恋上了一个流氓,几乎被骗卖了,幸亏他舍性命把她救出来,因此许婉英很感激他。”

“他自己既然是经过恋爱生活的人,何以他却冒冒失失来替你妹妹作媒呢?”

“这就是他糊涂可恨的地方了!他最佩服他先祖张文愍公,常常不断地讲他,称颂他的功德。因为韩家的曾祖同他所最崇拜的张文愍公是同事,所以他就什么都不管,以为一定是很好的门户了。其实他这个人本来也没有什么坏,而且诚实可靠,不过这件事情,我对他始终不满意!”

“哦!原来如此。他这个人也奇怪得有点意思,他老说他的戏剧人生观,我始终不甚清楚,究竟是什么意思?”

“他没有同你解释吗?”

“没有。他只是再三再四地讲他这种人生观是如何如何的好，如何如何的快活，如何如何的适合人生真义，如何如何的非寻常人可及，究竟是怎么一回事，他却没有多讲，我至今还不十分知道。”

“什么戏剧人生观?简直可以说是糊涂人生观。他不过说人生像一个舞台，人们都是戏子，演得好，演得坏，演得灵，演得笨，一切的喜怒悲哀，一切的风云变幻都不过是演戏。我们顶好心里不用管他，一天到晚，只是随遇而安，糊里糊涂地寻快活。天倒下来也是演戏；国破家亡也是演戏；机关枪打来也是演戏；高叫打倒帝国主义也是演戏；拉洋车也是演戏；逛窑子也是演戏；当好人是演戏，当坏人也是演戏。都是演戏，何必认真呢?所以他什么事都是糊里糊涂的，但是一天到晚都快活，连他父亲关在监狱里，他还以为他父亲在演戏呢?”宝林说着好笑了。

“难怪他什么事都是‘老不在乎’的样子，他这人真奇怪!”

“他住北京大学住了九年多还没有毕业，就是因为他‘老不在乎’。很奇怪。昨天我听见父亲说，他听一位北京朋友讲，张老表同衡山的交情还不错呢!”

“奇怪!衡山那样事事严厉认真的人，怎么倒同他相好得来?”

“也许严厉过火了，认真过度了，倒需要一位麻麻糊糊的人来调剂一下，也未可知。”

“也许。不过我心里总觉得有点奇怪。”

说到这里，忽然门帘开处，梦频进来笑道:

“吃饭了。母亲说:‘不准三哥吃’!”

“不准我吃，只准你们两人吃，是不是?”

“讨厌!”

梦频说着一转身就不见了。

九

凌华到西湖不知不觉已经两个多月了。

这两个多月的工夫，看起来是风平浪静，依旧是美丽湖山，然而他一寸心中却起了无穷的变幻。有时他恨时间太长；有时他又怨时间太短；有时时间供给他许多快活；有时时间又引起他许多烦恼；有时他忐忑不宁；有时他眉开眼笑；最难堪的是有时他竭望某种机会到来，想把心中情绪，痛快倾泻，然而机会真来之后，他却用尽了九牛二虎之力，半个字儿也跳不出舌尖头。

他自己常常怨恨他自己为什么这样的胆怯，未免太不中用了，然而他怕极了失败的痛苦，他甚至怕极了失败的冥想，恐怕一下弄僵了，以后将毫无转圜的余地。想到这里，他又不能不小心了。

小心固然是万全之策，然而万全了又没有进步。他每想到这里，又着急起来了。他有时闷得真难受，他忽然想何必这样傻气？痛快丢开一切好了。决心要能维持得长久，人世上早就不会有许多的忧愁，无如凌华既生在人间，当然逃不脱公例。不上半点钟，他的决心又烟消云散了。

张老表说的话始终是不错：“一个人最快活的是发生了爱情，最痛苦的也是发生了爱情。”凌华快活固然得着了许多，然而他已经深深地感着痛苦了！

凌华从前听宝林谈了许多关于梦频的话，他已经就很喜欢梦频了。此次来家以后，与梦频朝夕相处，梦频天真烂漫的态度，阔达温柔的性情，一举一动，一谈一笑，无不令他心醉，他不知不觉地喜欢亲近她，一亲近她马上有无穷的快慰，渐次，渐次，他感觉得简直不能离开她。

凌华做事素来就谨慎小心，在热烈情感支配之下，他比从前更加谨慎小心。所以他虽然同梦频谈了许多次话，但是只能间接隐约地表出他心中的意思，不敢痛快尽情地同她讲透一切。他谈话中无形中常表示出一种窥探的意思来。如像他最喜欢问梦频：“二妹，你讨不讨厌我?”梦频总是答应“不讨厌”。凌华又不能再往下讲了。停了一会，他往往再问：“二妹，真的吗?”梦频说：“真的。”凌华更没有办法了。

凌华也从各方面观察过。宝林同他是至好的朋友，并且还常常拿他与他妹妹相提并论的来取笑，当然不生问题。宝林的父亲素来就极佩服他，这次凌华来家，替他作过两副对联，翻译过一篇英文公牍，他对凌华赞不绝口，想来也不会有多大障碍。至于宝林的母亲呢？她也很喜欢凌华的。她屡次同凌华谈，都非常高兴，梦频常对三哥说："母亲真喜欢凌华，你们二人回来，她非常喜欢，精神充足，饭也多吃一碗了。"

但是母亲自从张老表说亲闹错以后，不是极力主张晚婚吗？不是连婚姻二字都不愿意提起吗？想到这里凌华半个心都冷了。

至于梦频呢？她究竟讨不讨厌他呢？不，不，梦频不是说过十几次吗？但是，不讨厌也不见得就真喜欢，她究竟喜不喜欢他呢？大概是喜欢的，因为由许多事体都可以证明，梦频对他是很敬仰的，同他亲近是很高兴的。喜欢是毫无疑义的了。然而喜欢始终是一件极平常的事情。一个人可以喜欢一个人，同时可以完全说不上爱这一个人。喜欢是靠不住的。最要紧的问题就是梦频爱不爱他了。

说梦频一点不爱他吗？这又不敢说。因为梦频对他好像不只是喜欢，简直可以说是特别的喜欢，特别的喜欢，是不是爱呢？也许是？也许不是？还有她对他的一切请求，从来没有跟他钉子碰，固然一半也因为凌华谨慎小心，没有什么过分的要求，然而有好些要求，也是不容易答应的。如像凌华拿自己照像机要替她照像，她立刻答应了。那天她同三哥谈，埋怨她三哥不替她带

《水浒》回来，凌华当天下午就去买了一部《水浒》来送她，她起初有点推让，后来也收了。最难的，而且是最胆大的要求，凌华此时想起还有点心跳的，就是梦频像片本上一张单身像片，凌华向她要，她起初迟疑，凌华以为绝望，第二天梦频却在小亭里送他了。并且梦频还不断地叫他寒假来，这是客气罢？客气为什么说了十几次呢？想来也许有点深意罢？

照这些例看起来，梦频当然是爱他了。凌华想到这里，心里又不觉狐疑起来。她若是真爱他，何以始终是随随便便地态度呢？她若是真爱他，何以没有更深的表示呢？……“更深的表示？我就始终没有过更深的表示，她是女子，当然不能有更深的表示了”。凌华深深地痛骂自己太糊涂。这样浅易的道理都不懂。

不过梦频究竟还是真的爱他不表示呢？还是不爱他不表示呢？多想一想，凌华又不敢肯定了。凌华始终觉得梦频是若即若离，若远若近。无论你费尽心思，也猜不出究竟来。

要是时间还长，凌华也许还不十分着急。暑假看看快完，二星期以后，就要同宝林回明华大学读书去了。谁知道，以后有没有机会再来？要不能再来，那岂不糟糕了吗？他想这一定是受不了的，这一定不能让它如此的。这是他一生幸福关头，这是他无依心情的寄托，决不能随便丢开听其自然的。我应该要勇敢，凌华，凌华，你不要太谨慎小心了。

当晚凌华在床上翻来覆去，整整地盘算了一夜。他想好了明天与梦频谈话的步骤，讲话时的态度，用字眼的轻重。最后他觉得什么都妥帖了，成功一定有把握了；睡神渐次领他到黑甜乡了。

十

第二天凌华一觉醒来，已经日上三竿了。睁眼望对面床上，宝林无影无踪，被单叠得好好的，不知道什么时候已经起去了。“怎么他起来我一点也不知道?”凌华心里狐疑地自问。伸手把书桌上的表拿来一看，“呵呀?原来已经快十点了!”

他急忙翻身起来，把衣服穿好。忽然房门开处，宝林进来，问他睡够了没有?凌华觉得有点不好意思，因为他从来没有起过这样迟。宝林出去叫李妈打脸水。等他转来，凌华问他父亲上班没有?

“今天不是星期吗?”宝林道。“父亲今天不上班，因为手痛，明后天也请了假。现在正陪客呢。”

“哪一位客?”

“就是张老伯同他的三姨太太。”

“就是你上次讲的那一位吗?”

“对了。”

“今天来干吗？”

“好久没有请张老伯了，今天特别请他们来吃饭。”

凌华心里感觉得不痛快。他昨天晚上盘算一夜，本来想今天同梦频说个痛快。现在父亲不上班，又有客人来，当然是没有机会了。他奇怪这张老伯为什么早不来迟不来，偏偏他下了决心他就来，好像诚心同他捣乱似的。还有那位三姨太太上次她来时没有会面，不知是怎样一个人？回头会着她怎样称呼怎样讲话，这倒是问题了。

把脸洗完，随便吃了点心，同宝林一块儿走进大客厅。凌华却不见三姨太太，只见宝林的父亲正同一位黑黄高大约莫四十来岁的人讲话。宝林的父亲，彼此介绍了。张老伯只稍为欠一欠身，随即安坐不动。半句话也不问，回头就去同宝林的父亲谈话了。凌华看见他那倨傲的神气，满腔子不高兴。坐了一会，无聊极了，一会望着天花板，一会研究董其昌，一会又听听他两人谈话。到后来幸亏宝林约他出外边去走走，他才向宝林父亲点点头出来，张老伯仍然坐着动也不动。

到户外小亭上坐了一阵，望着明媚的西湖。凌华无心观看景致，只是呆呆地出神，宝林问他“干吗？”他说：“没有什么。”宝林同他谈笑，他也不十分理，宝林也觉得无趣。两人静静地望着西湖，湖中的小船来来去去。湖上没有半点风，湖面平得像一面镜子。四围的山色，也青翠动人。忽然天色昏暗，黑云飞起，烈风把湖水吹得波浪汹涌，小船都赶快划到岸边避，倾盆的大雨把湖光山色都变瞑朦了。

急风吹起他两人的衣襟，斜雨飞入小亭中来。宝林急忙同凌华跑进屋去，但是他们的衣服都半湿了。进书房换好衣服坐了一会，梦频进来叫他们去吃饭。

凌华没有法子，只好同宝林走进饭厅。进去时，宝林的父亲母亲张老伯还有一位“又高又大又巍峨”的女人，都站在桌边，桌上摆满了鸡鱼虾肉。凌华心想这样高大的女人真是罕见，连张老伯那样高大，还比不过她。那女人却满面堆下笑来道：“哦，这就是陈少爷吗？少爷请坐。少爷来了多久了？西湖好不好玩？你从前来过没有？少爷进大学有几年了？快毕业了罢？改天请到我舍间来玩，好不好？”

她一个个的问题接连着一口气说下去，也不等别人回答，把凌华弄得目瞪口呆一个字也讲不出来。接着宝林的父亲请张老伯坐上方，三姨太太同母亲坐左边，凌华同宝林坐右边，他同梦频坐下边。张老伯也不谦让，就往上坐了。宝林的父亲提起箸来，说一声请叫大家不要客气。

他这一说不打紧，三姨太太一双箸如飞箭一般射中那一块冰糖肘子上面，给它一个鹞子翻身，略动一动，箸上就是一大块。一转瞬间这一块肘子马上就飞进凌华的碟子来。三姨太太口里连说："陈少爷不要客气，不要客气!"

凌华正瞅着这块肘子没有办法，忽然间一块烧鸭子又如流星般地跑进碟子来，接着又是两声"陈少爷不要客气，不要客气!"

凌华此时真无法可办，不过当着人家面前，这样敬来的菜，推却不吃，好像是不可能的了。他举起箸来，勉强把那一块烧鸭子吃完。三姨太太真是眼明手快，第二块烧鸭子又如急风似地赶来，把碟子的空位填满。口里连说："陈少爷喜欢吃烧鸭子吗？好极了。尽管吃，不要客气，不要客气!"

凌华知道事件不妙，忽然眉头一皱，计上心来。他立刻运箸如飞，把各碗的菜都夹了一些，把自己碟子堆得满满地，这样才把防线守住，三姨太太也无法进攻了。凌华这才安心吃饭，不过后来有两次稍为不小心，把碟子吃松了一点，又被三姨太太乘势夹了两块红烧青鱼进来。

凌华如临大敌的吃完了两碗饭，立即起身告辞回书房来。此时大雨已经住了，细雨还是不断地轻飘。天空中黑云冉冉，充满了雨意。一个整下午都是如此，到傍晚时，更下得大。张老伯两夫妇今天看来是不能回去了。

凌华满心的懊恼，很早就说他不舒服，睡了。第二天起来，细雨仍然绵绵不断。张老伯夫妇因为昨晚大烟抽到三点半，此时正入梦乡。宝林的父亲却高高兴兴地来找凌华谈了一上午。午后二点半张氏夫妇起来，凌华宝林等都已经吃过午饭了。天仍没有晴意，张老伯本来也不忙，只好再住一天。

千情万绪，充满了凌华的心头，他却无处告诉。闷闷地望着书，半个字也念不进去，宝林找他谈他也不多理会，宝林老问他："凌华，你干吗？为什么不快活？"他不是不答，就是说"没有什么"。

第三日早晨红日射到窗棂，把凌华高兴极了。张老伯同三姨太太到下午果然坐车回家去了。宝林的父亲说他手痛已好，明天要上班了。

凌华那晚又整整地想了一夜，最后他下定决心，明天一定要找机会向梦频表示他的爱情了。他越想越觉得梦频对他很好，要是同她说，她一定会表示赞成的。只要她答应，其余的难关，都会迎刃而解。他望着床前的月光，静听虫声四壁，风过林梢吹得飒飒地响。一种无缘故的悲哀，跑上心来，他不知不觉地流泪了。

十一

第二天早饭时，梦频没有出来同他们吃，凌华以为她一定是晏起了。等了一上午，梦频却踪迹不见。凌华心里七上八下的猜，始终猜不出原故来。到吃午饭的时候，梦频仍然不来吃饭。凌华此时真像热锅上的蚂蚁，再也忍耐不住了。饭完后，他同宝林刚进书房，他立刻问梦频的消息。宝林叹一口气道：

“谁也想不到，前两天接连下雨，天气变凉，二妹衣服穿得太少，着了凉。昨天又吃了些油荤，晚上就头痛发热，今天早上周身热得像火一般，大概是热病罢。”

“真糟糕！请医生没有？”凌华着急道。

“父亲说车站上那位医生很好，他上班时顺便叫他来，大概此刻也快到了。”

凌华没有什么多话可说，宝林也是愁眉不展。到下午两点钟医生来了，看了脉，开了方，捻着长胡子慢慢地说道：

“小姐之病是先有内邪，再加外感，以致阳盛阴虚，肝火上行，因而头目晕眩，遍体发热。治法要先用引导剂，以驱散其外感，次用滋阴之剂，以培固其本元。要滋阴而不燥，引导而不烈，不然，则小姐身体素不健强，必将亏其元气，不可不慎也。还有一层，非常重要的，就是要心中放宽，不要忧愁，此病起源，乃由于此。如果忧愁不解，则中心郁而不舒，寒热亦将积而不散。只是很奇怪，小姐这样小的年龄，何以会有忧心之事呢？这就很不可解了。不过紧记着，心要放宽，至要，至要！”

说完以后，右手提笔，左手捻胡斟酌了半天；然后把药方拟好，收了脉礼，拱手告别。临行时说先吃两剂，后天如果没有进步，请他，他一定来。

“这个医生真奇怪，梦频一天到晚疯疯颠颠地捣乱，她知道什么叫忧心之事呢？”医生走了，宝林对母亲凌华说。

“我也很奇怪，”他母亲接着说。“不过梦频这一星期来，态度确是有点变了。当着人她还是一样的调皮，背着人她却常常长吁短叹，有两次我碰见她，问她为什么，她说没有什么，立刻就同我谈笑了。晚上睡梦里，也常常说梦话，喃喃的不知道说些什么。有时好像听见说：‘好罢！’有时又说：‘我想。’有一晚上，她好像骇醒了，我问她做什么，她说她做了一个可怕的梦，一个妖怪要来吃她，忽然枪声一响，妖怪倒了，她也骇醒了。她这样神不守舍的，我早就知道她要病了。”

“奇怪！怎么会有妖怪？妖怪就是我！”宝林仍然不改他那顽皮态度。

“不是你，是张老表，他那大额角，同闹腮胡还不像妖怪吗？”凌华也一时忘乎其形地顽皮起来。

“不要开玩笑，宝林你快去买药。”母亲催着说。

宝林接着药方，匆匆出去。母亲也进去看梦频去了。

凌华坐在书房，不住地摇头叹气。他立起身踱来踱去，心里十二万分的难过。他想怎么会这样凑巧？张老伯来了下大雨，张老伯走了又生病，假期只有十一天了，一星期后就要走了，一切的希望都要付之东流了。偏生我陈凌华命蹇时乖，遇着一位能够指引我向光明之路的青年女郎，却又阴错阳差，无缘表白我的诚意了！从今后我如何能够生活得下去？我如何能够禁得起这般的渴想？梦频，梦频，你知不知道我爱你？你知不知道我在顶礼皈依地崇拜你？你知不知道我早把全部的灵魂都交给你？你知不知道在漫漫长夜中我在渴想你？你知不知道在黑暗迷途中我在瞻望你？你大概一点也不知道罢！呵，梦频，你怎么会不知道？你怎么能够不知道？你为什么偏偏要在这个时候病了？这大概不是你的本意罢？呵！这一切都要怪那万恶的病魔！那千人咀万人咒的病魔！我恨不能一拳打翻你！我恨不得一刀杀死你！你赶快走！你要真不走，我没有办法了，我只好虔求你离开了梦频，离开我最可爱的梦频！

他胡思乱想地闹了半天，觉得脑筋有点发热，心里也闷得怪难受。他走出户外，一气跑上葛岭峰头，立在一株松树的下面。凉风吹来，非常舒畅，他索性把衣服解开，露出胸膛，让它吹。一会他觉得遍体生凉，头脑冷静一点。四目极望，真是湖山锦绣，秀娟动人，他想："怪不得有人以西湖比西子，我不知西子容貌如何，西湖总算是美丽极了。你看这般的景色，多么醉人？一凝望着她，令人把尘世上一切忧愁苦恼，都忘去得干干净净的了。"

他想："济慈说'美即是真，真即是美！'真是千古不磨之论。人世间的千转万变，沧海桑田，无处不增人伤感，惟任此身陶醉于美的世界之中，然后别有天地，其乐无穷。只有美才有真快活，只有美才有真意义。饶你耶稣，孔子，释迦，墨翟，拔山盖世的英雄，说纵连横的辩士，崛起草莽的帝王，精忠报国的志士，富盖全球的大腹贾，名满环区的发明家，你们终日忙忙碌碌究为何来？你们都是社会上道德风俗的傀儡，你们都是演化长途中的可怜虫。你们那里懂得人生，你们都被人生欺骗了！"

凌华想到此处，不禁无限感慨。他忽然觉得腿有点酸了。他把树下一块青石用手巾稍为拂了两下，随即坐下，两眼仍然呆呆地望着西湖，他意志迷乱了，他动也不想再动了。一直到了夕阳西下暮霭苍凉，他才慢慢地走下山来。

吃晚饭时，梦频当然不在，大家都觉得寂寞，话也讲得少了。

第二天凌华听宝林说药是吃了，热度减了一点，头目还是晕眩，看看一两天工夫不会好了。愁云惨淡地又过了两天。再把长胡子医生请来，他说："病已经治得有头绪了，不过要费几天工夫。他仍然再三嘱付，要宽心，不要忧愁；四五天以后，准可以平复如常的。"凌华听说要四五天，他不觉惊得呆了！

这四五天中，恐怕要算凌华一生中最难受的日子了。他整天坐也不是，站也不是，读也不是，玩也不是，惟一可以安慰他的，只有西湖，西湖能消去他胸中一切的烦闷，西湖能解除他一切的愁怀。

假期看看快到了，三天以后，凌华宝林都要动身到上海了，梦频的病呢？依然没有起色。你说没有进步，她好像比前几天好得多，从前只能吃一小碗稀饭，现在居然可以每餐吃一小碗饭一小碗稀饭了。身体不很发热，神志也清醒多了。有时宝林还进去同她谈笑，再三问她梦中的妖怪是不是张老表？梦频却红着脸不讲。宝林出来对凌华说，彼此都好笑！

病势虽然轻松一点，仍旧不能起床。三天看看又去了两天了，宝林凌华后天一早就要动身回上海了，凌华此时真如判决了的死囚，毫无希望了！

十　二

朝日由松树射到小亭，筛满了满亭的枝影。枝头的小鸟高兴地奏他们和谐的音调。湖上朝雾朦胧，但日光到处，不一刻都烟消雾散，现出晶莹洁静的西湖。那一位凭栏极目，满面愁容的青年，一望而知其为凌华了。

他想明天就快要动身了，此次别后，年假不知能否有机会再来？如果不能再来，转瞬暑假一临，就要同宝林到美国去读书了，赴美后至少也得五年才能归来，那时恐怕“佳人已归沙吒唎”了。他闷闷不乐地遥望，湖山林木，晴明中却暗含一种愁闷的气象。凌华呆呆地站在那里出神。

“凌华，你在这儿干吗？”他背后忽然有种娇弱的声音在呼唤他。

凌华忽然一惊，回头一看，原来是梦频。她面容惨白，清瘦了许多，比平常却另有一种夺人的艳丽。凌华惊喜极了，半晌说不出话来。

“我睡了五六天，闷得慌了，今早觉得精神好一点，所以我出来玩玩，却不想你也在这里!”梦频说完，笑了一笑。

“二妹，你来外边不怕再着凉吗？小心一点，不要再闹出病来。”

“不要紧。我喜欢坐一坐，看看外边的景色。要是再睡在床上，真要把我闷死了。”

凌华见劝她不转，只好把手巾拿出来，把石凳拂拭干净，让梦频坐下。

“你们明天不是要走了吗？早车走，还是晚车走?”梦频问道。

“宝林说是早车走，方便。”

“寒假你还来罢。”

“以后的事，谁能料得到？也许有事体绊住不能来，也许这半年中我死了。”

“你不会死，我也许会死。”

“你决不会死，你有父亲母亲，还有三哥，还有……许多许多的人，他们都不让你死。”

“我们讲的都不是好话，老是‘死’……‘死’。”

“这是我的错，请你原谅!”

“这有什么关系，你真太客气了。”

“不是客气。我这个人生来就不会讲话，我想我不知得罪了二妹多少地方？如今快要走了，我希望二妹能够原谅我一切。我话虽然不会讲，我的用意总是不坏的……我的心是千真万真的。”

“你怎么老是这样客气；讲得人怪难受的。”

一阵风从林梢过来，梦频不觉打了一个寒噤。凌华恐怕她病势加剧连忙劝她进屋子去；她起初不肯，说她喜欢同他多谈一谈；因为他快要走了。凌华说进屋子谈也是一样，反正书房里没有人，宝林一早就到杭州去会孙碧芳去了。梦频也觉得背上有点怯冷；同凌华一块儿回到书房来。凌华让她在沙发上坐了，自己找一张藤椅坐下。他觉得他自己的心跳得很快，舌头上好像压了千斤重担一点也不能动弹。几次他要想开口讲话，却始终说不出半句来。

“二妹!”凌华闹了半天，才说出了这两个字。

“什么?”梦频斜倚在沙发上问他。

“二妹，我真觉得有点奇怪！我刚来的时候，你们待我都很客气，那时我心里非常不安，我只想早走。现在呀，住久了，好像什么都习惯了，我倒有点舍不得走了!”

“你要是喜欢在此地住，寒假再来好了。”

“我心里不知她为什么，总是非常害怕寒假不能再来。像我这样‘有家归未得’的人，一旦得了这样风景幽美的地方，又遇着这样二妹好的人，我真是舍不得离开。”凌华说完了不觉静默了半晌，低头叹息。一会再说道：“二妹，你想我们这个暑假过得多么快活，尤其是宝林我们三人，朝夕相对，欢笑聚谈，好像兄妹一般，这样时间，恐怕以后不容易再得了。”

“学堂生活也很快活，是不是?”梦频安慰地问。

“不要提起学堂生活了，提起来真令人伤心。我是一个最喜欢自由研究的人，学堂却处处拿功课分数来束缚我。我是一个最喜欢真诚的人，同学们却都以假面具来对付我。并且明华又是一个有出洋机会的学堂，学生为了出洋，通通作了功课分数的奴隶，教员以此来挟制学生，学生也因此去取媚教员。明华简直是一个压迫骨气的地狱，奴隶性的养成所！我住在那里六年，简直是受了六年的罪。侥幸现在罪也快受够了，明年就要留美了。”

凌华说完，还气愤愤地叹息。梦频却微微笑道：“那么你很喜欢我家里了。”

“当然喜欢。我真想一生一世都不离开此地！我尤其舍不得二妹，二妹你多好!”

“你又在笑我了，我有什么好?”

“二妹，我绝对不是笑你，什么咒我都可以赌的。也许你自己还不知道你自己的好处，不过我是看得清清楚楚的。老实说，二妹，我真喜欢你极了!”

“我也很喜欢你。”梦频低声说道。

“二妹，让我们作朋友好不好?我不是说一天两天的朋友，我是说永久的朋友。以后无论什么时候，无论什么地方，你要有什么困难，我一定尽我所有的力量来帮助你。二妹，你知道，谁也不敢说将来一定不有困难的时候，没有需要朋友帮助的时候。”凌华此时全身都震动了。声音不免战栗起来，继续说道：“二妹，好不好，让我们作朋友？”

梦频苍白的脸上，泛出两朵红云，低头答道：“只要你不至于看不起我，好罢。”

“二妹我们握一握手好不好？”凌华低声哀恳道。

梦频的脸此时更红了。低头半晌不语。凌华走过来坐在她旁边。梦频把手给他了。两只手一接触，登时两人身上都起了一股电流，全身都战栗起来。凌华不敢再看梦频了。闭着目，握着手，有了好半晌。他忽然抬头看梦频，梦频也抬头看他，四目相对，此时两人的心，几乎融成一片了！

“二妹，你现在该明白我的意思了？”凌华注视着她讲。

“我想你也明白我的意思了。”梦频惨笑着讲。

“二妹，我一生一世都不能忘去了今天此刻。”

“我也永远不能忘去你！”

忽然梦频把手缩回，立起身来，一转身跑回去了。

凌华如痴如醉地坐了好半晌，忽然手舞足蹈地高兴起来。再隔一会，他回坐到沙发上，一股热泪，涌到他眼边，一霎时他心中充满了悲哀的滋味了！

十 三

宝林凌华回校以后，开课前照例是报名，缴费，检行李，排功课表，招呼久别重逢的同学；开课后，自然是吃饭，睡觉，上课，运动，看报，谈天。时光像车轮般地转动，学生也像木偶似地登场。

半年光阴，似风驰云卷地过去，寒假转瞬又要来了。凌华起初很早就预定要同宝林一块儿回家去，殊不知到放假的前两天，凌华的二哥由贵州到上海来了。他二哥是在贵州第一师范学校毕业，毕业后教了几年高小，这次是因为本省教育厅派了好些教育界的人出外来考察教育，凌华的二哥认识了一位在教育厅办事的人，居然当了一位考察员。他们一行人要在上海住十余日，然后再赴无锡、南通、南京，搭津浦车到天津、北京。六年多整日思想的哥哥，居然到了上海，凌华自然是非常高兴，领着哥哥到处游览，朝夕聚谈，宝林也只好一人回家了。

宝林临行时，凌华写了一封很长的信托他交与梦频，中间详述他半年来经过的情形；此次不能来的苦衷；与他对她时刻不忘的心理。他说：虽然此时因为伯母不喜欢谈婚约，一时不便启齿，不过迟早没有什么关系的。他又说：他已经把他们二人的意思告诉宝林了，宝林极端赞成，以后他愿意找机会去同父母说。他说：他们无论到地老天荒，此心永远不能变更的。他还说了许多安慰她的话；勉励她的话；关于她学业的话。末后他又把他哥哥带来的好些家乡出产，拣了几样去送宝林家里的人。

宝林回家以后，凌华整天整日地同他二哥一块儿玩，他哥哥也就痛快不随着参观团去到各学校去数教室有多少间，看屋子有多么大，量桌子有几尺高了。

由他哥哥口里，凌华知道他父亲精神很好，惟有母亲身体不强，常常咳嗽。大哥也很好，两位小弟弟，都已入学，不过天分不高，又不肯读书，非常淘气。谈到他妹妹死时情景，凌华不觉伤心流泪。再谈亲戚中王三爷的病死，林二娘的丧子，在在都足令人感叹。至于军队勒捐敲剥，更足令人痛恨。田赋提前预征六年，强迫农夫种鸦片，种了要抽捐，不种又要抽“懒捐”。加以连年打仗：盗贼蜂起，富者变为贫，贫者不聊生，以后真不知若何结局！

凌华的二哥住了十几天，同着参观团走了。在上海那样尘嚣地方，凌华也不愿多出街去，每天只是埋头用功，不时与友朋通信。友朋中当然忘不了他最佩服的衡山，因为闲着无事，一连写了好几封信去。有一天他忽然接着衡山来信，说日内要动身到上海来，因为有一个学术团体在上海开会，衡山是发起人中的主要人物。凌华接信高兴极了。他每天都盼望衡山来，关于他的择业问题，读书计划问题，婚姻问题，人生问题，常常在脑中盘旋不能解决的，都好请教他。衡山的学问自然好，尤其他对衡山的信心，是异常坚固的。别人也许可以忠告他，他也许听别人的话，不过总是不放心，要是衡山来指了他一条路，他立刻就可以一点不怀疑，勇往直前地进行了。

接信后的第三天，凌华正在读德文，门房忽然领着衡山进来了。凌华欢喜得跳跃，立刻把书放下，同他热烈地握手。衡山坐下，随手把凌华看的德文书拿来一看，立刻说道："《少年维特之烦恼》，并不是哥德成熟的著作，也不能代表他成熟的思想。近人对于他别的著作不介绍，单单先把这本书介绍进来，使中国读者，以为哥德就是这样作品的文学家，真是害人不浅。这同某君介绍希勒，单单介绍他第一本最幼稚的剧本《强盗》一样地笑话。"

凌华道："我也是这样想，不过平心而论，《少年维特之烦恼》一书，虽然带一点感伤主义，但是文笔真流丽，也很有它存在的价值。”

“我并不是说它没有存在的价值，我不过说它并不是哥德成熟的作品罢了。”衡山坚决地辩论。

凌华见他如此，也不多说了。

午餐后两人一同到半淞园湖心亭吃茶，比起西湖的湖心亭真有霄壤之别，不过在上海这样地方，半淞园也算不容易得了。两人叫茶房泡了两壶龙井，因为天气寒冷，没有什么游人，非常清静。

“衡哥，我有点事情，在心里老放不下，想问问你。”凌华讲道。

“什么事？你讲好了。”

“你知不知道？我现在恋爱了。”

衡山把口中烟卷拿开，双眼死死钉住凌华，看了一阵，大笑道：“不错，真的，你讲，怎样？”

“恋爱的对方，是我一位至好朋友的妹妹，性情人品，为我生平所仅见。”

“你怎样同她发生爱情的？”

“我暑假同我的朋友一块到他家里去住了两个多月，朝夕相处，我渐渐对她发生了爱情。到临走了那一天，我才明白同她讲，她对我也表示很好了。我们彼此的爱情是很热烈的。”

“她有多大年龄了？”

“今年十七岁。我们彼此很好，他哥哥也极端赞成，她父母亲对我印象都不错。不过有一点困难，因为她母亲去年有一位媒人来替她作媒，已经快成功了，后来她哥哥探访出这家子弟是一个败家子，婚约无形解除。她母亲因为大女儿放错人户死的，经此次欺骗以后，她怕极了，无论谁提起婚约，她都反对，固执地主张越迟越好，所以一时是无从启齿的。”

“但是暑假你不是要到美国了吗？一去不是有五年吗？”

“这就是问题了。我想要马上提出婚约，知道她母亲这一关是一定通不过的。想暂时不定，那一隔又是五年，并且她三哥又要同我一块儿赴美，家里没有人极力主张，这事就很难说了。”

“你以为这女子的爱情靠得住吗？”

“当然靠得住，你怎么问出这样的话来？”凌华心里很不高兴，因为衡山看轻了梦频。

“你以后就知道了。”衡山把烟深深地吸了一口，神色不动地说。

“怎么样？你以为是一定靠不住吗？”凌华气愤愤地说。

“我不敢说一定靠不住，我也不敢说一定靠得住，这要看以后的环境和机缘。”衡山冰冷地答道。

“那么，我现在应该怎么办？”

无论你凌华怎样的着急气愤，衡山老是那镇静严厉的态度。他闭目沉思，把纸烟拼命地吸。凌华眼睁睁地望住他，一时四壁都沉静起来。衡山忽然把剩下的烟卷扔掉，睁眼对着凌华道：

“凌华，我以为你这件事有两条路可走，不过我极端主张你走第二条路。第一条路就是这半年立刻就提出婚约，她家里要答应，那么什么事体都解决了。她家里若是不答应，你就干脆丢开，从此以后到美国安心读书，打点精神，预备将来替社会国家做事情。第二条路，简直不用去提婚约了。从今天起，马上写一封信告诉她，说你正该努力造学，预备报效国家，儿女私情，此时还谈不上。这样一刀两断，一切烦恼都解除了。”

“呵！衡哥，你大概没有恋爱过罢？至少你没有见过她罢？不然你怎么讲出这样两条路来？”

衡山第二支烟卷，又抽了一半，把烟卷扔掉，继续讲道：“我虽然没有恋爱过，不过这种事情，可以从理论上推论出来的。她不过是一个十七岁的女孩，你又是毫无经验的青年，你们相处不过两个多月，明白谈到恋爱不过在分别那一天。这样没有经验的青年，这样短的时间，发生的爱情，无论如何热烈不过一时冲动，决难持久的。你又快要分别，一去就相隔五年，她又在家庭管束之下，其中发生变化，是毫无疑义的。就是此时订婚，还不一定可靠，与其日后引起种种烦恼，何如痛快丢开呢？”

衡山说到这里，第三支烟卷，又抽起来，狠命地抽了一阵。凌华坐着，把双手捧住头，手腕放在桌上，一声也不响。停了一会，衡山纸烟抽够了，又继续讲道：

“凌华，不要这样孩子气。你想想中国现在是什么情形？内有军阀政客的专横，外受帝国主义的压迫。我们只消想着千千万万的同胞，死于兵，死于水，死于冻馁，死于疾疫，过的都是牛马不如的生活；再想到我们数千年祖宗遗留下来的大好河山，到处都归白人掌握，我们那里还有心情来谈恋爱？凌华，你既有这样好的天资，就应该抛开一切去作救国救民的事业，奈何为一女子而神魂颠倒。我并不是反对恋爱，恋爱也是人生最神圣的事情，不过你正在求学时代，若一旦沾染爱情，则求学精神，必定分去了大部分，以后行动处处都有些顾忌了。就是能够成功，还应该设法跳出圈子，何况现在你还毫无把握呢？”

衡山话说完，第四支烟卷又抽起来，凌华满心交战，不知何适而可，更一句话不能讲了。

十 四

凌华同衡山谈话以后，心里非常地难过。他平常最信仰衡山，要是别的事情，他一定不迟疑地听他的话了。不过这是什么事情？他想衡山太不体贴他的心了，怎么指出这样两条路来？第一条路当然是碰钉子，没有问题。第二条路写信去告诉梦频，说此时不能谈及儿女私情，应该打点精神去报答国家社会。这是什么话？衡山，呵，衡山！你的心肠怎么这样地硬？难道你是木石般的没有感情？你真是太薄情了！

他又觉得他这种判断，太对不起衡山了。衡山看事情素来就很清楚，对他以往，事事都真心帮忙。就拿这次他的忠告说，何尝不是很有道理？国家情形，当然是非常紊乱，把全副精神去努力奋斗，也是青年应该尽的责任。至于说他与梦频的爱情，不过青年人一时的冲动，凌华却始终极端反对，他觉得衡山太把通常的例来看他们二人了。他同梦频彼此的感情，真是无论如何，也不会变的，衡山这种推论，简直是对他们一种侮辱了。

然而事体究竟怎么办呢？听衡山的话吗？这如何对得起梦频？并且他那两条路，都是不近人情的路，此时若如此作去，简直是疯狂了。不听他的话吗？当然，只好不听他的话，什么叫做国家？什么叫做社会？人生不过数十寒暑。生为什么？死为什么？喜为什么？忧为什么？工作为什么？奔忙为什么？无论谁都是莫明其妙，答不出个究竟。国家社会更是空无边际意义含混的东西，拿一生的幸福去牺牲来为它，是值得的吗？

算了罢！人生就是这样糊里糊涂，黑漆一团的，国家社会也就是这样意义含混，不可捉摸的。我现在所能知道的所能有把握的就是我自已有一个身子，我既有了一个身子，就有了种种喜怒哀乐的感觉；并且除非发生特别事故，我这个身子是要存在几十年的，也要有几十年能够有喜怒哀乐的感觉。一天有了身子，一天喜怒哀乐的感觉就要来捣乱。王静庵诗谓“我身即我敌”，是一点也不错的。

不过我既经有了身子了，不幸这个身子又有了喜怒哀乐的感觉了，这真是无可奈何的事情！在这样无可奈何的时候，如果能够有一个对象，可把我全部心灵，放在上面，使我感情得无限安慰，我却把这条路去开了，去痴心妄想去作什么救国救民的事业，岂不太傻气吗？

以凌华那样富于感情的人，六七年与亲爱的家庭隔绝，得不着感情发泄的地方；又整日摸书本没有同异性朋友接触；单调的生涯；悲愁的心境；来细看中国这样翻云覆雨，鬼怪百出的社会；目击这惊心动魄，惨无人道的内争；当然不知不觉地，养成一种悲观的态度来。所以在衡山的忠告，固然是很有理由，而在凌华仔细思量以后，却认为毫无意义了。

心情已经枯窘的凌华，忽然得着梦频的爱力，不替起死回生的仙丹，凌华热烈恋爱梦频，衡山以为他是青年人一时冲动，不能不说是错误了。

无论如何，凌华万万不能丢开梦频的，衡山的忠告，可算是白费了。不过问题还是没有丝毫改变。求婚吗？宝林母亲仍然固执，并且一次碰了钉子，以后倒不好启齿了。不求婚吗？一别又是五年，以后难免她家里的人不替梦频订婚。她家里还带着一点旧式家庭的风味，梦频同他的爱情是说不出口的，要有宝林在家，还可以帮许多的忙，然而宝林又要同他到美国去了。

他的难题，虽然在心里难受了许多时候，可是一开学就解决了。

宝林从家里回校，告诉他，信已经交了，东西也送了。父亲母亲看见送的东西，非常高兴，母亲尤其喜欢茧绸，说是质料很好。锦缎被面给妹妹去了。妹妹还托他带了一封回信。关于婚事，宝林曾经间接探听过父母亲的口气。父亲说择人很难，母亲却极力反对主张缓点再说。一提起梦频婚事，她就回想到大姊，立刻哭了，以后宝林也不敢再谈了。不过妹妹的意思，很坚决的。她说：“只要彼此不忘，订婚不订婚，一时没有什么关系的。并且我还要继续求学，将来我大学毕业，凌华留美归来，再订不迟。”她还说了好些话，叫宝林安慰凌华。并且以后与凌华通信也找着地方了。凌华可以写信给孙碧芳，由她面转，她们二人在学校天天会面的。

“凌华，你知不知道？我已经订婚了！”宝林笑说道。

“哦！还不请客吗？”凌华惊异地笑了。

“你猜是谁？”

“还有谁？当然是孙碧芳了。”

“你怎样知道？奇怪！”

“这有什么奇怪？‘若要人不知，除非己莫为’！”

“哦！我想起了，一定是梦频告诉你的。”

“不管谁告诉的，我知道就是了。”

晚上人静后，凌华才把梦频写来的信，在灯下拆开，慢慢地读。每一个字，都使他感激得流泪。梦频呵梦频！你真是我生命之花，你真是我心魂之主，我将要用我的热泪来浇你！我将要用我的赤诚来供养你！

寒气侵入，炉火不暖，推窗一看，原来大雪已深数寸。灭灯就寝，雪光返映屋中。床上的少年，忽然心酸泪落了。

十　五

半年的时光，如飞地过去，转瞬暑假就快到了。一切毕业的仪式：同乡会的欢送，朋友的饯行，通通是外甥打灯笼，其名曰："照旧"，没有什么特别的地方可说。只有在同乡欢送会中，凌华不免滑稽而感慨地讲道：

"诸位同乡今天盛意欢送我，我心里当然是非常感激。我回想起七年前以一个十三岁的小孩，跑到几千里外的上海来求学，一切经过，还像昨天一般，然而现在的我已经不是从前的我了。从前的我是一个活泼天真的小孩，现在的我却成了一个满腹牢骚的废物；从前的我是一个诚笃勤俭的学生，现在的我上海味居然带得不少了。我最痛心的就是我现在对人的同情心一天天地淡了。我小的时候，有一次我看见家里的狗把一只鸡咬死了，我守着鸡大哭了一场，那时我的心是很仁慈的。现在呢，我已经渐次地贵族化了，人世间伤心触目的事情，也不能动我心了。只消看我家庭的情形，已经很足给我极深的刺戟，然而我却处惯了安富尊荣的生活，毫不动心。可见得我对人的同情心已经丧失尽了！”

凌华说到此处，大家都静默地望住他。他略停一停，看见会场空气，他觉得他不应该在俱乐会中，讲这样沈痛的话，又继续说道：

“就拿我的头来说罢。第一年来，我是一个光头，家里还用剃刀剃，到学校却改用剪子剪了。到第二年，我觉得同学们把我笑得太难受，我由光头遂进化而为平头。第三年我又觉得平头仍然不漂亮，遂由平头再改造而学分头。到今天来此地开会，诸位也可以看得见，我却不是光头，不是平头，不是分头，是向后面梳而且搽得可与日月争光的时髦头！”

在座同乡，个个都鼓掌大笑起来。凌华停一停，继续说道：

“最高问题讲过了，现在再来谈最低问题罢。第一年来我穿的是母亲亲手做的‘家公’鞋，第二学期我马上就穿四十五个铜子一双的‘青布朝云’鞋了。到第二年，人人都笑我青布鞋难看，替我起个绰号叫‘圣人’。量小子德薄才疏，怎敢当这样大的尊号？马上改穿二元钱一双的帆布鞋子。第三年更进一步居然穿起皮鞋了，不过还不敢买价钱太贵的，现在呢，十二块大洋一双的皮鞋，居然与六十块钱一套的西装都跑到我身上来了！”

又是一阵哄堂大笑。凌华觉得讲话太久了，马上用几句话结束道：

“这些例举也举不完，总而言之一句话，我是由俭朴变到奢华，奢华本来也没有什么，不过在中国这样民生凋敝满目疮痍的情形之下，尤其是在我的困苦家庭状况之下，而从事奢华，那未免太少同情心了。然而处在明华这样贵族环境里边，我当不住众人的耻笑，遂不知不觉为环境所软化。明华讲到环境设备，当然是国内惟一的学校，不过从教育眼光来看，从磨炼学生品格来看，明华简直可以说是一个‘陷人坑’！……然而这句话太过火了，太苛责办教育的人了，办教育的人自然有办教育的人的苦衷。”

凌华接着再讲几句道谢的话，以后那位最喜欢补充的主席又补充了比凌华演说辞还长的一段话，把大家都听得不耐烦了。幸亏肚子饿了要紧，主席也只好把话带住，大家一齐都入座来。一阵风卷残云，吃个精光。凌华的七年明华生活，也就从此闭幕了。

照往年的例，明华学生毕业出洋，是在八月十九号左右，今年因为时局不靖，学校方面恐怕一有战事，误了学生到美入校时间，遂提前于七月十九日开船。六月二十四放假，回家的学生，在开船前两星期都应该到上海预备一切，剩下工夫只有一星期左右了。宝林凌华放假后都匆匆跑回西湖。家里的人看见他们回来，都非常高兴，不过听说这样忙迫着动身，又都不觉黯然。然而反正大家重聚了，彼此仍然是很快活。

这次梦频与凌华相见，与上次却大不相同了。上次彼此还是陌生，这次彼此心中都有深深的了解。上次梦频亦是天真活泼地喜欢同三哥胡闹，这次她却喜欢同凌华深谈。凌华也爽性不出去玩，整天留在家中。梦频一有工夫，就到书房来找他，宝林看见她来，有时倒故意出去了。

“二妹，我有点事总放不下心。”凌华一天对梦频道。

“你还有什么不放心？你怕我忘去了你，是不是？”梦频笑问道。

“你当然不会忘去了我，这不成问题。”凌华坚信地说。

“你说不成问题，我偏要使它成问题，看你怎么办？”梦频调皮地道。

“你不会，我绝对相信你不会。”

“我偏要会看你怎么办？”

“二妹，不要捣乱，讲正经话。”

“哦，对了！你有什么不放心？”梦频忽然回想起了。

“我是怕你家里的人。假如我走了，此时又不能向你母亲说。以后如果他们要替你订婚，你怎么办？上次衡山同我谈，他也虑及这一层。顶笑人的，就是他甚至于劝我绝望了，你说好笑不好笑？”

“好，好，好！又是你那位衡山，你最佩服他，你最信他的话，你痛快依从他好了！”梦频听着大不高兴。

“二妹，请你原谅我。我并没有听他半个字，难道我对你的心，你还不明白吗？你不信，我再赌一个咒好不好？”

“赌什么咒？谁要强迫你赌咒？咒有什么价值？”

“二妹你真不信我吗？”

“不是不信你，你老讲衡山，我真听得讨厌。”

“以后再也不讲了。”

“不讲心里还是想。”

“那有什么办法呢？”凌华忍不住笑了。

“我问你，你对衡山好？还是对我好？”

“这不能相提并论。我当然惟一地爱你，不过衡山这个人也很足令人佩服了。他的学问那么好，尤其是对人真义气，你要会见他，我相信你也会佩服他的。”

“才怪！那么你对衡山比对我好了。”

“何以见得？”

“因为你那样佩服他。”

“我不过佩服他而已，然而我对你却是真心的爱。”

“我不管那些。假如我同衡山都要死，你只能救一人，你救谁呢？”

“我两人都救。”

“假如只能救一个呢？”

“不会这样凑巧的。”

“不准躲闪。你救谁呢？只能救一个。”

凌华心里不觉凄然，他觉得衡山以前对他太好了，怎么能够忍心不救他。然而他又太爱梦频了，拿梦频丢开，更是绝对不可能的事。他始终不相信会有这样凑巧的事情。他沉吟了半天，仍然答不出半个字。

“快说，你救谁呢？”梦频逼着问。

“我想我也一块儿死好了！”凌华惨然答道。

“呵，凌华！你忍心看我死吗？你说先救‘我’罢？”

“救了你衡山不是要死吗？”

“你要是真心爱我，你就不应该再管什么衡山不衡山，你说先救我罢？你一定要这样说。”

“你如果真一定要强迫着我说，我只好这样说好了。”凌华无奈地说。

“不，不，我绝对不强迫你，你不爱我，你去救衡山好了。”梦频说着好像要哭的样子。

“好，好，好！二妹，我现在下定决心了。”

“到底你先救谁呢？”梦频凝视着他问。

“先救你。”

梦频把双手围住凌华的颈项，头俯在他的胸前忍不住流泪，凌华抚摸着她的头发，一时也不免心酸。

十 六

宝林凌华到美的第二年，宝林家里的人，因为江浙的风声不好，谣言四起，好像马上战事就要爆发的样子都觉得西湖住不放心。凑巧那时张老伯已经改任京奉铁路局长，宝林父亲托他弄了一个北京东车站的事情，决定举家迁往北京。事前托张老表找好房子，到京后又得他照料一切，所以一点困难也没有，就由南迁到北了。

他们家在西河沿西头距车站不远，来往是很方便的。屋子是一个独院，有八间屋子，家里人少，也觉得很够了。李妈仍然随着他们来，因为她是熟手，梦频的母亲少不了她。她又是个寡妇，只有一个儿子，去年因为赌钱输得太多，跑出去当兵去了。究竟当什么兵？在那儿当兵？他也没有写信回来，李妈一点也不知道，好在主人待她好，她也就死心塌地的替主人操作一切。

梦频虽然师范还差一年毕业，因为她平常功课好，居然考上女子大学了。在未到北京以前，她早就听说女子大学是全国女子最高学府，她以为里面同学不知道多么勤谨，教授不知道学问多么高深，这一番进去，必须加倍用功，方能不落人后。

但是不上一个月，她这些迷梦，通通打破了。她知道，所谓最高学府，并不是专门研究学问的地方，乃是多数人讲究社交的场所。学生上课是随便的；书是不读的；考试是虚假的；论文有男朋友代作的；有工夫就是浓妆艳抹地出去活动；高兴时厚起脸皮随便写两首肉麻的新诗，只要认识两位报馆的编辑，不上几天女诗人立刻就名震骚坛了。

教授们呢？他们挂的招牌都是西洋留学生，个个都得过博士的头衔，上讲堂总离不了用两句英文说：“当鄙人留学美国的时候”，或者“鄙人在伦敦时亲自会着萧伯纳，萧伯纳拍着我的肩，携着我的手问了我许多关于中国文化的事情”，究竟他在介绍萧伯纳？还是借萧伯纳来介绍他？谁也不知道。不过一般庸俗的人，看见一位名震全球的戏剧家，都曾经拍过他的肩，携过他的手，想来“这家伙一定是有根底了！”

学生既已经不读书，教授上堂除非是天字号的傻子，谁肯把远涉重洋，费心努力，抄回来的笔记，轻易授人？结果当然是敷衍了。

梦频看见这些情形，真觉得异常奇怪，她在杭州第一女子师范时，好像学风完全不是如此，她真有点“看不顺眼”了。她看见那些同学们，一个个只讲修饰，讲交际，不肯真正求学，她也不愿意多同她们往来了。每天只是去上课，在学校吃一顿午餐，课毕，马上又坐车回来。

幸亏后来不久孙碧芳得了家里允许也来北京入女大了。孙因为不好意思住在梦频家中，便住在校内寄宿舍。孙来以后，梦频快活多了。平常在校，她二人总是在一块儿，星期日孙碧芳又来她家里。两人常常花整天的工夫去安排她们的功课表，整理她们的笔记。有时她们也谈到凌华宝林，两人都尽情的把什么话都讲出来。后来凌华写信给梦频仍然是由孙碧芳转了。

过去这一年中，凌华都是不断地与梦频通信。有时四五天一封，不过至少一星期是一定有一次的。凌华告诉她，宝林学化学工程进麻省工业大学，他自己学文学进哈佛大学，两校同在一地，相隔不远，他们会面是很容易的。他说初到美国时，吃西餐总嫌太少吃不饱，后来吃少吃惯了，又嫌味不好吃。他回想起梦频母亲烹的鱼，不觉垂涎三尺！他说功课非常的忙，每天晚上要到十二点后才能睡觉，因为每门功课，参考书都是很多。不过教授们都是有真正本事的专门学者，哈佛图书馆又参考方便，他读书极感兴趣，所以也不觉得苦了。

他常常劝梦频不要替他担心，他一切自然知道保重。他惟一的希望就是能够五年后回来，再见他最亲爱的梦频。他更安慰梦频，他们彼此间爱情，已经是坚定不移，别离不惟不能减淡，反而使它一天天的浓厚。

第二年他来信告诉梦频，说在留美学生年会中，梦频的宝章大哥，他也会见了。宝章学历史已经在耶鲁大学得了硕士，明年快得博士了。听说他预备明年回国，北京大学校长已经预约了他当教授。

后来宝林来信也这样讲，其后宝章也详细报告他回国的计划。梦频家里的人，都非常高兴，就连常来她家的张老表，也高兴起来。他说道：

“我住北京大学整整十一年了，教授们来来去去，至少我见过一千多，我什么功课都选过，不过同我顶好的只有许衡山一人。现在好了，我的表弟也来当教授了，我以后又多一位相好的教授了。”

张老表的话始终是不错，后来宝章回来，果然同他很相好。

十 七

斜阳射出金也似的光辉，返照万绿丛中的黄瓦。庄严灿烂的景象里，加上红绿走廊，宏壮中却带妩媚了。晚风一阵阵送来，荷香令人心醉。松枝像盘龙般地夭蟜古峭。一对对的青年男女，穿花般走来走去，凡是到过北京的人，都知道这就是北京中央公园的情景了。

“二妹，你说北京好，还是西湖好？”一位二十七八的少年对一位青年女郎讲道。

“北京有北京的好处，西湖有西湖的好处。”女郎微笑地答。

“怎样？”

“北京是帝王建都的地方，费了多年的创造经营，宫殿城池，都很庄严雄壮，无论那儿也赶不上。西湖是千古名人歌咏流连的所在，湖山秀丽得像图画一般。看北京的景色，令人心胸阔大，看西湖的风物，却令人陶醉流连了。所以我说各有各的好处。”

“那么你究竟喜欢那儿呢？我想当然是西湖了。”

“当然是喜欢西湖，不过北京这样庄严雄壮的景色，看了以后，不知不觉地使人心中敬畏他。我常想西湖能使人爱，不能使人敬。不过我始终还是喜欢西湖，我同她相处已经太久了。”

“想不到二妹几年进步得这样快。从前不过是一个调皮捣乱的小女孩，现在居然思想这样深了！”

“才怪！大哥你干吗笑人？你也学三哥，是不是？”

“谁学三哥？我讲的老实话，你……嘿，梦频，你看那大松树下茶桌边坐的不是张老表吗？你看见他大额角没有？——他笑了，他那闹腮胡真可怕！同他对坐的是谁？看背影子有点像许——呵，他回头了，不错，不错，真是许衡山——是的，张老表同许衡山！二妹，等一等，我去一会就来。”

宝章过去同张许二人招呼了，原来宝章到北京大学不久，就同许衡山认识了。此刻他们三人会面，都很高兴。

“你们在谈什么？张老表刚才那样地大笑！”宝章问道。

衡山还没有开口，张老表抢着说道：“你还不知道吗？女子大学请衡山作长期演讲了。每星期两点钟，演讲‘十九世纪英国的浪漫诗人’。我觉得衡山那样严肃的样儿，最不适宜于讲‘浪漫诗人’了。讲‘科学诗人’，或者‘礼教诗人’都可以对付，偏偏凑巧这样一个题目，你说奇怪不奇怪？”张老表说完以后，更大笑起来，把闹腮胡上面笑起口沫了！

“你简直一点不懂‘浪漫’两字的意义，只是望文生义的瞎说！”衡山严厉地指谪。

“原来密斯忒许要到女大教书，好极了。”宝章说道。

“请坐罢。你同谁来？”张老表问道。

“我同梦频来，她不是在那儿坐着吗？”宝章回头指道。

“叫她过来一块吃好了，都不是外人。并且衡山还要到她们学校演讲，此时会会面也不错。”张老表怂恿地说。

“也好。”

宝章答应后，张老表立刻叫茶房去搬东西，他同宝章都过来叫梦频。

“梦频，梦频，走，走去会你的新教授。”张老表笑说道。

“哪一个新教授？”梦频惊异地问。

“就是许衡山，他已经接了女大的聘，要到女大作长期演讲了。”宝章解释道。

“哦，就是衡山吗？”梦频很惊异。

“对了。就是他。你知道他吗？过去认识认识也不错。”宝章说。

梦频随着过来，宝章彼此介绍了。梦频靠近宝章坐下。她从前听凌华讲衡山讲得太多了，此时不免时时注目去看他。衡山同她大哥差不多一样的年龄。中等身材，也相仿佛；不过衡山上唇有短短的“仁丹胡”，宝章却没有了。衡山目光灼灼，精神奕奕，充满了丈夫气，宝章却比他温和得多。衡山讲起话来，高谈阔论，目无旁人。见理快，看事真，自信力强。宝章讲话娓娓动听，不过没有他那般气魄。梦频心里想：“怪不得凌华那样佩服他，他真是令人佩服！不过太严厉了，多看他两眼，不由令人战栗起来。”

梦频尽管暗暗地打量，他们三人却正谈得有劲。一会是北京的政治；一会是欧洲的情形；一会是中国文化的将来；一会又是中国妇女的解放。说到这里，衡山愤嫉地道：

“我最讨厌近来中国一般时髦的女学生了。什么书都不念，只是摆臭架子，嫁人以后一切家事工作，都不屑做了。她们不知道照社会分工道理讲起来家事也是职业的一种，如今她们自己成了无职业的太太小姐，却把一切家事交与老妈子了。像这样解放，简直是替社会减少生产力，替社会多养成些无业游民，倒不如不解放好。我真恨不得把这些女学生，每人打手心三十！”

“不要只管出口伤人，我们座上就有一位女学生！”

张老表说着，回头望着梦频笑。宝章，衡山，也都集中视线看着她，登时把梦频脸看红了。衡山自从梦频初移过来，彼此介绍时，略看了一看，以后他就不甚留意，只顾高谈了。此时经张老表一笑，他回头细看脸若桃花的梦频，看见她那羞涩的态度，他不知不觉回忆到刚才的话太过火一点了。自己心里有点急，看见梦频难乎为情的样子，他未免起怜惜的意思。三十不动心的衡山，此时严肃的面孔上也有点发热了。

“密斯徐请原谅，我刚才讲话太唐突了！”衡山居然讲出这样话来。

“不要紧！你本来讲得有点对，是不是?”梦频搭讪着讲，脸没有起先那样红了，不过心仍然跳动得很厉害。

衡山此时却完全恢复平常的态度了。把纸烟抽出，深深地吸。他把纸烟停着，刚要想答梦频的话，宝章接着说道：

“这有什么关系！不要紧。”

“对了！本来不要紧，先生打学生手心三十，也不算什么一回事。”张老表拍着手笑。

“瞎说！”衡山一面吐烟子，一面讲。

梦频的脸，不知不觉地又红了。此时她恨极了张老表，她觉得他真讨厌！

十 八

衡山果然不久就在女大作长期演讲了。梦频同孙碧芳差不多每次都去听。衡山英文流利；口齿清楚；条理明白；见解的高深；处处都能引起听者的兴趣。所以每次演讲，不但本校学生，许多往听，连教职员也有许多去听。梦频更是倾心佩服，她常常对孙碧芳讲："衡山这样的教授真难得！我所遇的教员，当以他为第一人了。"

宝章与衡山的友谊也一天天地进步。他们共同研究了好些问题；下课后他们常常一块儿到中央公园或北海去散步，渐渐宝章家里他也常常来了。

梦频最初会着衡山的时候，她就想写信告诉凌华，不过几次提笔，她心里不知道为什么，总是感觉不愿意告诉他。以后她索性就不谈了。

北京的天气变换得非常地快，炎热的伏天，只要几夜秋风，立刻就万木凋零，寒风刺骨，再隔不久，简直完全是冬天的景象了。

转瞬一学期快完了，教授照例上讲堂照指定的几页讲义出题，学生也照例带着这指定的几页讲义上讲堂抄写，于是乎这一学期的成绩，也照例告一结束，出条告宣布放寒假三周。梦频除了有时到学校找找孙碧芳以外，其余时间，都在家里，有时读书，有时与母亲谈话，有时与宝林凌华写信。

不知道为什么？她近来思想非常复杂，不像前几年那样天真活泼了。她心里常常有许多问题，对于一切的事体，她都喜欢问一个究竟。然而无论什么事体，不问还似乎很清楚，一问到变糊涂了。她不知不觉地生出一种烦闷来。她有时觉得自己太笑话了，不要胡思乱想罢，然而思想却不由她自主。从小到现在，她从不知道失眠是怎么一回事，现在居然常常领受失眠的滋味了。尤其奇怪的，她心中常常充满了一种莫明其妙的悲哀，她完全不知道为什么？

她静听萧瑟的秋声，她感觉到心境的凄凉；她看见飘飘的落叶，她慨叹人生的短促；冷森森的寒月，几乎照透了她的心；斜阳影里的鸟声，更噪得她难受；有时她望着窗外的积雪，不知不觉地要流泪了。

“梦频，你为什么没有从前那样喜欢笑了？大概北京你住不惯罢？”她母亲常常这样问她。

“才怪！我昨晚不是同你谈张老表，肚子几乎笑痛了吗？”梦频强笑地回答。

“笑是笑，不过总有点勉强，没有从前那样多。”母亲叹气地说。

“才怪！难道要教我一天到晚笑才好吗？”梦频强辩道。

“我并不是要教你一天到晚笑。不过我总觉得你心里有点不快活的样子。你晚上不是常常失眠吗？”

“有时失眠，不过不要紧。”

“你自己也得要好生保重自己。晚上读书不要读得太夜深了。从前你大姊也是太用功，总劝不听。现在看见你这样读书，我心里不知不觉的害怕。你自己应该小心一点，身子弄坏了不是耍的。”

“母亲老是那样说，其实我身体上好的，一点事也没有。”

“我总希望这样就好了。书少读一点，思想不要太多，自然不会失眠，身体也好了。”

“母亲，不要说，我听你的话好了。”

从那天以后，梦频果然听她母亲的话，极力保养身体，书不多读了，晚上九点半就去睡，一切烦乱的问题，她也不再多想。一星期以后，她精神渐渐好，心里放得开，晚上也不常失眠了。然而不到两星期，她又慢慢地恢复她烦闷悲哀的状态。有时她烦闷极了，不知何以自处，她觉得一切都是虚幻。一切社会的制度风俗，一切的圣哲教训，一切的科学定律，一切的耳闻目见，都是糊里糊涂，不知道为什么？她好像一个无舵之舟，在狂风巨浪，茫无际涯的海洋中，浮沉漂泊，没有个归宿之所。

她有时同孙碧芳谈，孙碧芳也差不多与她有同样的感觉，不过孙碧芳的性情与她不同，想也想到，谈也谈到，然而她想过以后，谈过以后，什么事也没有，还是照常的快活。

梦频有时也觉得像孙碧芳那样的人，快活多了，然而她却不能。她很奇怪，何以前几年她一天到晚，也知道捣乱谈笑，心里毫没有一点思想？还是后来同凌华相见以后，她才深感着恋爱他。那时精神也有点失常度，不过她始终是快活，始终是天真，就有悲哀烦闷，也不过只有一会，不多久就烟消云散了。前后不过两年，心境何以这样不同？难道她从前是年幼无知，现在才真知世事吗？

她还是常常读书，到后来她觉得书上面讲的话都是无聊。从前她喜欢代数，宝林不知道叫过她多少次“代数迷”，现在她却十分讨厌代数，一看见代数符号，她就头痛了。

她感觉到她家庭的环境太简单，尤其是太没有一点美术音乐的陶养了。她父亲是一个学铁路工程的人，为人又是拘谨踏实，一点嗜好也没有。家庭里一天到晚，除了一家人聚谈以外，从没有过什么娱乐。酒是不呷的；牌是不打的；烟是不抽的；戏是不听的；音乐是莫明其妙的；图画从来不会欣赏的。梦频在这样一个家庭里长大，后来虽然进了比较新式的学校，音乐图画，她仍然不感觉兴趣。她惟一的图画，只有西湖天然的风景，她惟一的音乐，只有葛岭清脆的鸟声。并且那时她本来就天真烂漫，她要娱乐做什么？

到北京以后，情形大不相同了。她常常感觉到家庭生活太单调，她常想找娱乐来排解她的忧愁，然而此时已经太迟了，她从小就没有受过半点艺术的陶养训练，现在她对于一切艺术，都失掉兴趣了。

此时她心中惟一的慰藉，就是凌华对她的爱情。每当忧愁的时候，她回忆他们初次相见的情形；他们三人聚谈的情形；后来凌华第一次同她握手的情形；出洋前凌华来西湖一星期的情形；她觉得凌华对她太好了，凌华对她太真了；世界上一切也许虚幻，他们彼此的爱情是决不会虚幻的；人生也许无意义，他们彼此间的爱情是一定有意义的，她马上就感觉到快活起来。

但是凌华却远涉重洋，不知何日方能返国？他们虽然彼此真心相爱，究竟没有正式的结合，以后不知还要经过什么变迁？想到这里，她又未免不寒而栗了。

“寒假真闷得难受！连衡山的演讲，也中断了。此时能听听他讲，十九世纪英国的浪漫诗人也不错。”

梦频坐在炉边低头地想。

十 九

一阵阵的北风，卷土扬尘，风过处天气特别地寒冷。每家的人都紧守着火炉，静听那被震撼窗棂的声音，只有少数奔忙的人，同那衣不蔽体的洋车夫，才在街上拼着性命跑来跑去。前几天的积雪，都结就坚硬的冰块，清道夫撒向马路上的水，一霎时就变作光滑的玻璃。道旁柳枝，被风吹得无法可办，俯仰前后，找不出一个躲避的地方。太阳不知道什么时就出来了，然而被尘沙遮蔽，只能射出惨淡的光辉，到大地更毫无半点热力。红漆门外垣墙边十二三岁的乞丐，缩头抱足，把身体紧紧地凑成一团，颤巍巍地打抖。有时发出凄惨的呼声道："天哪！这是什么年头呀！"

在这种愁惨黯淡的北京中，还有一间小屋，屋中烧起熊熊的火炉，挡住了北风吹来的寒气。屋里有四张沙发，几张凳子，地上铺着地毡，靠着墙壁摆一张大桌子，桌上瓶里插了一枝梅花。窗前安放一张书桌，桌上陈设一些书籍笔墨等物。书桌的后边，立着一个书架，充满了书籍。墙上挂了一些名人的字画，笔飞墨舞，神采奕奕的，还要算董其昌亲笔写的对联。

书桌旁边坐着一位女郎，拿着一本书，她眼光虽然注射在书上，她的心早已不在书上了。停一会，立起身来，在屋中踱来踱去，有时望望壁上的对联。忽然她心里好像回忆着什么，她跑到书桌把下层抽屉的锁打开，取出一个很小的木匣。再把木匣的锁打开，取出一些信件。她坐在沙发上慢慢地一封一封地细读，她心里登时觉得快活，有时脸上涌出红霞，略一微笑，两个酒涡，就很显明地露在两颊了。

把信看完了，她斜倚在沙发上，闭目沉思，喃喃自语道："照例凌华的信，这两天应该到了，何以孙碧芳还不来呢？……难道病了吗？……不会，我想不会。……再等两天一定到了。……！这样冷的天气，大哥偏要同母亲到张老表家里去。……不是说吃完午饭就回来吗？何以现在还不回来？……"

梦频胡乱猜度了一阵，慢慢地把信整理好，仍然放在小木匣。她忽然检出凌华的一张半身像片，凌华钉着眼看她，满面露出诚恳的样子，她多看一会，觉得有点不好意思，立刻把像片放下。但是隔一会，她又翻出来再看。她笑向那像片道："你老看着我干吗？你——你——你真讨厌！"凌华好像刚要回答，但是她已经把他锁在箱子里边了。

忽然她好像听见敲门的声音，但是风声太大，听不很清楚。门更敲得响了。她连忙叫李妈去开门，一面把木匣仍然锁在书桌内。李妈闹了半个时候，才慢慢地出去。梦频想一定是母亲大哥回来了，不然一定是孙碧芳送信来了，她满心高兴。她觉得李妈慢得真讨厌！

“二小姐，门外是许先生。”一会李妈回书房说。

“那一个许先生？”出乎意料以外的名字，把梦频惊异得不懂了。

“就是北京大学的教授，同大老爷相好的。”李妈答道。

“呵，原来是衡山！……这样冷的天气，怎么让他久站在门外？赶快请他进来好了。”

停一会衡山进来，把外套围巾逐一的脱下，李妈接过去挂在衣架上。衡山两手几乎冻僵了，连忙跑到火炉边去热一热。口里不住说：“好冷！好冷！”梦频请他坐，他说把手温暖后再坐。梦频告诉他母亲哥哥早饭后就到张老表家去了。

“不要紧！”衡山头也不回，看一看火炉答道，“我本来也没有什么事，不过因为天气冷坐在屋里怪难受，想找宝章谈谈天。既然他出去，就算了。”

停一会，他手烤热了，过来坐在沙发上。

“你可以让我抽烟吗？”他恭敬地问道。

“有什么不可以？”梦频经他这一问，到有点羞涩。

衡山把纸烟盒拿出来，取出一支，点燃，慢慢地抽。

室中静默了好久。

梦频觉得这样静静地对坐，未免太傻气了，刚要开口讲话，忽然衡山把纸烟一停，半截纸烟，扔在痰盂里，睁眼细看梦频，问道：

“梦频，”因为他曾经会过好多次，又与宝章相好，早已经不叫她密斯徐了。“你好像心里有什么忧愁似的，现在比从前瘦多了。”

“没有什么。”梦频低头答道。

“没有什么？我看你一定有点什么。你哥哥说你近来常常喜欢谈哲学问题，心里不快活。这也是‘青年时期’很平常的事情。由青年到成人的时候，各方面责任一天天地压迫，又处在中国这种一切都在重新估定价值的时代，当然心里好像失了一切的依靠，对于一切都发生问题，然而自身智识能力又太薄弱，始终找不出一个满意的答案，所以不知道怎么办好？尤其是对于人生问题，渴想问个究竟。人生究竟为什么？这个问题不知烦闷了多少青年，尤其是中国今日，真像一种时代病！”

“那么，依你的意见人生究竟为什么呢？”梦频好奇地问道。

“要答这一个问题，不是容易的事情。不知历来多少的宗教家哲学家科学家文学家，费尽了毕生精力，想出一些答案，然而若是仔细考究起来，都是不澈底的，他自己以为他是绝顶聪明，其实别人看起来却是糊涂万分。即使一个时代以他的答案为满意，换一个时代，他的学说又渐渐地站不住了。究竟谁是真？谁是假？人人都自以为能辨别，然而谁也不相信谁说的是对的。”

“照你这样说来，简直没有答案了。”梦频问。

“如果你要根本上去问人生究竟为什么？这是绝对没有答案的。凡是极力去作答案的人，而且深信自己答案的是对的人，都是傻子。”

“那么不是简直没有办法了吗？”

“我刚才说过了。如果你要根本上去问人生究竟为什么，是绝对没有答案的。自以为有答案的人，都是异常之傻的。梭格拉第说：他能够比别人聪明一点，就是因为别人要强不知以为知，他却承认自己不知道。不过如果你把范围划一划，问题改作‘我生究竟为什么？’那就有答案了。”

“这不是一样的吗？”

“呵，这完全不一样。‘人生究竟为什么？’是关于全体人类的。这个答案，一定要绝对的真理，凡是真理无论何时何地何人都要发生同样结果的，要是有例外，就不真了。孔子尽管可以讲忠君是人生的真理，但是社会制度一变，忠君学说，就不真了。你想要找一个真确答案，来答复人生究竟为什么，这是如何困难的事情？

我相信是绝对不可能的。以前千千万万的人，努力去答，都作傻子了，我们何苦再去添上几名呢？

“至于‘我生究竟为什么？’这是人人都应该努力去答的，也是不能不答的，因为没有答案，就生活不下去了。这个答案完全看个人才性，时代，环境，地位，思想，遭际，生出千千万万不同的结果来。然而这些答案，都是为这一个特别的人答的、不是为全体的。我们也不敢说它一定是绝对不可移易的真理，不过有一种结果是很明显的，就是这个特别的答案指定这个特别的人一条特别的路，他因此也就生活下去了，他的生活也有意义了。”

“那么，你说‘我生究竟为什么’呢？”梦频再问。

衡山哈哈大笑道：“你怎么这样傻。这个问题，是我能够替你答的吗？我要替你答，我立刻就变成傻子一般了！”

梦频经他这样一说，自己回想到所发问题真有点傻气，立刻两颊绯红，低头不语。

衡山抬头望着梦频，不知不觉的呆呆地注视，好像出了神。

二十

梦频自从同衡山那次谈话以后，她更觉得衡山这个人真是奇怪。言语，思想，行动，处处与别人不同。他对事情有一定的看法，心里有一定的主张，他认为是的，无论谁人，无论何事，都不能动摇他。同时他意志的坚定，又不是全凭感情，无理倔强。一同他谈话，只觉得他说来条条有理，自己的短处，不知不觉地都被他看得清清楚楚，直言不讳地指出来了。

这一种坚定的信心，形成衡山一种挺然矗立的丈夫气。梦频青年烦恼，思想不定，心里常常渴想一个思想固定见理真确的人来指导她。衡山的思想见解，梦频固然不敢一定以为真确，然而衡山事事看穿，结果却不向怀疑烦恼方面走，而反有坚定不摇的信心，这一点却使梦频发生极大的好奇心了。

她常常觉得奇怪，衡山既然承认“人生究竟为什么”，是永远不能解决的问题，何以他自己却仍然能够糊糊涂涂地生活下去？衡山说是“我生为什么”是可以研究的，也不能不研究的，那么，衡山自己的答案是什么呢？究竟是什么理论，使他能有坚定不摇的信心呢？想到这里，梦频觉得非再找衡山谈谈不可了。

再找衡山谈吗？衡山的态度，令人太难受了。他说话不留余地，往往使人难乎为情，尤其是他看不起梦频的样子，使梦频心里难过，有时几乎愤慨。梦频从小就非常聪明，父亲母亲都不断地称誉她，两个哥哥都佩服她，在学校里更是赞美的中心了。其后遇着凌华，凌华更是五体投地地佩服她，每次谈话都不断地说：“二妹真聪明，我真佩服你！”

衡山的态度却大不相同了。他那种神气，好像梦频是一个毫无智识的女孩一样，至于佩服是绝对谈不上了。上次谈话，他简直说梦频是“傻子”，梦频有生以来，这样称呼，是第一次才听见的。这种羞辱，真是太大了。“难道我真傻吗？”梦频心里不断地想。“不，我绝对不承认我傻。我一定要想法子让衡山佩服我。”她想到衡山如果佩服她，她真快活极了，她一定是人世间最聪明的人了！然而这是可能的事情吗？她回想衡山言语的锋利，看事的透彻，轻蔑的态度，她半个心都冷了。

晚上张老表到家里来，晚饭后一家人都坐在大客厅里谈话。

“听说时局风声不很好，执政府有倒的希望。”张老表说。

“真的吗？前几天冯玉祥还通电拥护，怎么就会倒呢？”宝章说。

“电报不过是官样文章，那里靠得住？”张老表继续说道：“近来学生方面，活动极了。前几天有公民团，请段执政下野，章士钊的公馆也打滥了。要是政府还有点存在的力量，这还了得吗？近来更听说正预备首都革命，创立新政府呢。你说有不有趣？”

“学生怎么能够创立政府？不过瞎闹而已。”宝章的父亲批评道。

“我以为近来的学生，”宝章说道：“总算是中国顶觉悟的份子，他们思想都很猛进，心地都很坦白，没有沾染很深的社会恶习惯，所以近来爱国运动，都是他们出来领袖一般民众。固然他们经验学识不充分，有时不觉有出乎范围的地方，然而他们爱国的热诚，却是很可佩服的。近几年来如反对二十一条，拒绝巴黎和约签字，收回青岛，五卅惨案等等，都全靠学生出来鼓励中国一点民气。这种爱国心，若能用得其当，是最有希望的。”

“固然也有些好处，不过学生时代，学业没有造成，白白地牺牲了，也非国家之福。”宝章的父亲说。

“我看是不是国家之福，很难断定，”张老表说道：“一个人作事，那里顾得那样多？最好是逢场作戏，觉得对，觉得有趣味，我就去干。干得好，妙；干不好，没有关系。反正人生就是演戏，站在戏台上，不演也不行；一定要择着演那一出，这又何必。反正不过那么一回事。快活也好，悲哀也好，有益国家也好，有害国家也没有办法，牺牲也好，享乐也好，你高兴怎么干，你就怎么干好了。譬如我在北京大学住了十多年，还没有毕业，为什么？因为我高兴。前次打毁章士钊的公馆，打头阵的就是我，为什么？因为我高兴。去年五卅案起，北京各界在大风雨中游行，然而我却在李亚明家里搓四圈，为什么？还不是因为我高兴。高兴作什么，作就得了，何必瞻前顾后？人生是拿来演戏的，不是拿来胡思乱想的。”

“这又是你的戏剧人生观了！”宝章笑，其余的人都笑了。

李妈拿着几碗热气腾腾的元宵进来，这是宝章的母亲亲手作的。张老表接着元宵，一个一个的往闹腮胡里面塞，模糊地嚼着元宵叫好。吃完了一碗，宝章叫李妈再替张老表盛一碗。张老表再三推辞，然而既已经盛来，也就“高兴”一个不剩地吃了。

“可惜衡山没有来，不然他一定喜欢吃的。作得真好！”张老表一面用手巾揩闹腮胡上的白汤，一面说道。

“呵，对了！衡山喜欢吃元宵。改天请他来吃。”宝章道。

“明晚就请他来好了。”宝章的父亲讲。

“他昨天到天津去了，大约还要四五天才回来。”张老表道。

“到天津什么事?”宝章问。

“不知道什么事。衡山近来举止有点不同，好像有什么心事似的。”张老表道。

“衡山那样明决的人，还有什么能够烦扰他?”宝章道。

“我看他确是很烦闷。昨天早上我去会他，进屋子，他坐在椅上，两眼望着窗外出神，我进去他还不知道呢。后来同他谈话，他才露出不安定的神气，我问他是不是病了?他说没有病。我问他有没有什么事?他说以后告诉我。后来他忽然说他下午要到天津去。问他什么事?他不讲。”

“奇怪！怎么他会这样子?”宝章的父亲讲道。

“是呀，他从来不是如此的。我猜他一定有什么心事。”张老表道。

“对了，我想他一定有什么心事。”宝章也这样说。

二十一

一周后，寒假终结，梦频又要上学了。上学的时候，梦频心里一喜一忧。喜的是可以再听衡山的演讲，忧的是衡山那种轻蔑她的神气，使她难受，然而不管怎么样，梦频心里还是想见他。

到学校，梦频看见条告板注册部通告，才知道衡山演讲已经辞卸了。条告上只讲因事辞职，究竟因什么事？孙碧芳不知道，同学不知道，注册部不知道，校长不知道，谁也不知道。

梦频心里感觉到一种烦闷，然而也只好算了。

回家去，心里愈觉无聊。衡山为什么忽然辞去演讲呢？大哥也奇怪，上次不是说改天请他来吃元宵吗？何以到现在还不请呢？张老表这几天也不来了。衡山上次究竟为什么烦闷？为什么忽然到天津？回来以后，何以忽然又辞去女大的演讲？这些都是令人不可解的事情。

晚饭时她吃得很少，母亲说她大概是病了，叫她早一点去睡。她说太早了睡不着，走到书房里去读书。把书架上的书来回地看了两三遍，始终找不出一本合意的。到后来她把自己近来作的诗歌小说一篇篇地细看，她自己确信她是一个有天才的女子。她觉得衡山真正岂有此理，怎么会这样看不起她？

“不知道他看见有什么批评？”

她心里想着，好奇心不知不觉地又激烈起来。她把自己作品，反覆细看，果然发现出许多的缺点。最大的缺点，就是她没有固定的人生观，因此对于任何事体，都抱怀疑的态度。自己没有坚定的信心，当然所写的不能深刻动人。自己没有一贯的理想，当然所写的处处都呈露幼稚气象。有时她觉得自己太过于感伤了。有时她又觉得体裁太芜杂了。半点钟以后，她断定自己作的东西，真是一钱不值，要是衡山看见，一定大笑她是傻子了。

“幸亏以前没有给他看，不然他一定更看我不起了。”

她失望地把稿子仍旧放在抽屉里，牢牢地锁上，好像怕衡山一旦会翻出来讥诮她。

她头好像有点发热，把镜子拿来一照，看见她苍白面庞上带一点红晕，她不知不觉地凝神注视起来。她觉得她自己美丽极了。她越看越爱，心里非常得意。她有时巧笑，有时深颦，无一样不好看。她同她接吻，她向她点头，她故意怒目恨着她，后来又忍不住笑了。

“衡山真是铁石心肠，怎么还忍心来轻蔑我？”

想到这里，她把镜子放下，斜倚在沙发上，头藏在手中，几乎气愤得要哭了。

停一会，她头闷得更难受，愤愤地站起身来，把窗户打开。望见满天的繁星，光明闪灼。

她立在窗前仰首望着天空，长吁两口气。

她忽然感觉到宇宙的神秘来。天空何以会有星？世界何以会有人？人何以会有喜怒悲哀？为什么无缘无故中会有我？我何以居然会有我自己的意志思想？我到底是什么？一旦此身消灭以后，不知又是何境界？天地父母既使我生存于人间，何以又不令我永存，而只令我活区区数十寒暑？十余年后，我的容华转瞬就成过去了；数十年后，我的聪明才智，更不知归向何处去了？难道人生始终就是这样糊涂吗？人生始终就是这样短促消灭吗？呵，可怜的人生！可悲的人们！谁能参破宇宙之谜？谁能指出正当之路？

梦频想想这些思想，衡山当然不会不有罢？何以他仍然能够找出一条努力奋斗的途径？想来我的天资一定不及他，他比我聪明多了。能够同他这样的人多谈话，一定能够解决我心里许多的疑难，使我的生活有意义。难怪凌华那样佩服衡山，衡山真有令人可佩服之处。

她再回想起凌华了。她遇着凌华的时候，她还是一个天真烂熳的女孩。凌华性情和平，对她异常爱慕，她也不能自止地爱慕他。那时她把凌华当作她惟一的知己，只要一亲近他，她立刻就觉得有无边的快乐。她回想起在西湖与宝林凌华相处时的情形，至今犹觉神往。那时她脑筋里好像没有多少思想，更没有半点忧愁。即如她与凌华两人一左一右的去拧宝林的脸，到现在她决定作不出来了。然而当时她并不觉得什么，她只觉得有意思。母亲说她没有从前那样肯笑，她自己也承认确是没有从前那样肯笑了。

她现在才明白，一个人的性情，思想，习惯，要求，都是随着时间变化的。

她不知不觉地把凌华与衡山来比较了。凌华性情柔和，衡山性情刚烈；凌华的思想复杂，优柔寡断，衡山思想明快，毫不迟疑；凌华大体与她相同，衡山完全与她相反；所以凌华始终佩服她，衡山始终轻蔑她；同凌华相处，她还略高一层，同衡山相处，她未免降低许多了。

一种思想，如电闪地飞进她的脑筋里来："如果我以前没有遇着凌华，我也许此时会爱衡山罢？"

她自己也惊骇了，她如何会发生这般的思想来？她觉得她太对不起凌华了。凌华对她如何的好？他们从前彼此如何的相爱？到美去后，凌华来信，如何的思念她，安慰她？经过这样情形以后，如何她竟至于这般的思想起来？

北风忽地吹来，她冷得战栗，连忙把窗子关上；走近火炉去取暖。

她重新打开抽屉，取出木匣，把凌华寄她的信，一封封地阅读。还没有读上三四封，她伤心流泪了。

她取出凌华的像片，凌华依然诚恳地望着她，但是颇露出凄惨的颜色来。她安慰地向凌华道：

“凌华，你不要埋怨我，你不要愁，我仍然一样地爱你，刚才不过是一种胡思乱想罢了。你知道，一个人也有胡思乱想的时候，但是何尝是他的本意呢？不要愁，好不好？你笑一笑！相信我！”

凌华仍然诚恳地望着她，但是他并没有笑。

二十二

“你猜我前几天到什么地方去了来?”

“你不是说到天津去吗?”

“不是天津，是西山潭柘寺。”

“奇怪！你到西山去干吗?”

“我前几天心里有个问题，老解决不下，我想找一个清静地方去仔细思想一下。潭柘寺是我去年去过一次的，地方在深山中，非常清雅。我在那儿住了五天，前后考虑了许多次，现在才决定对这个问题的态度了，不过解决的方法，还没有十分把握。”

衡山一阵的话，把张老表讲得莫明其妙，他忍耐不住了。

“衡山，痛快讲罢！半吞半吐，令人真难受!”

“你着急干吗?我都不着急，你还着急吗?”衡山吸着纸烟，微笑答道。

“你讲好了!”

“当然是要讲的。”衡山仍然慢慢地答应。

“你有心捣乱，是不是？再不讲我不听了！”

“不听也就是这样一回事。”衡山还是那老不在乎地样子。

“不听也不行，老实话，什么问题？哲学问题，是不是？”

“那有那样多的哲学问题？我谈哲学谈得太多了，现在很想换换题目。这就是说弃哲学而谈婚姻。”

“什么？婚姻？你也管婚姻问题？”张老表惊异道。

“对了，婚姻问题。”衡山仍然镇静地道。

“这就奇怪了！你素来不是极力主张独身生活吗？你不是说家庭会分了你造学问，救国家的精神吗？怎么你一下会变到这个样子？”

“这当然是我平素的主张，不过这次发生的爱情，太玄妙了，完全出乎我意料之外。当最初这个思想进我脑子的时候，我自己都不相信，不过到后来一次二次，我看清楚了，完全不由我自主了。我心里很烦闷，从来没有过的烦闷。辗转交战了好些时候，我才决定到西山去细想一下。五天的结果，我终于决定修改我以前的主张了。”

“说了一半天，你爱的究竟是谁？”

“你猜猜。”

“王月华，北大的女生是不是？”

“太傻气了。”

“李珠明，李远农教授的妹妹是不是?”

“太轻佻了。”

“何巧云，鼎鼎大名的新诗人，是不是?”

“太肉麻了。”

“官云衣，社交的明星，对不对?”

“太俗气了。”

“我想一定是王慧英，国民党妇女宣传部的部长了。”

“太骄傲了。”

“西洋近代史的女教授张智芳，一定没有问题了。”

“你越猜越不近情理了。”

“还是你痛快讲罢。你常讲话那样痛快，怎么今天这样不痛快起来?”张老表几乎急坏了。

“我说出来，要请你帮一点忙。”

“帮忙，帮忙，你快一点讲好了。”

“就是徐宝章的妹妹徐梦频。”

张老表大叫一声，把手在茶桌上一拍，茶碗都弄翻了。水榭旁边吃茶的人都回头来望着他，衡山连忙叫茶房来把桌子擦干了。

“原来就是梦频！奇怪！我起初怎么半点也没有想到?好极了！前年我曾经替她作个一次媒，没有成功，这次想来没有问题了。他家里的人我想一定没有问题，尤其是宝章，他一定是极端赞成的。不过梦频近来性情有点执拗，你知道她能够爱你吗？”

“梦频的性情，我看得非常明白。她是一个富有思想的女子，此时正当青年烦恼的时期，她很愿意得一个能够指导她的人。她对我面前是羞涩，然而实际是愿意同我接近的。只要有个机会，我能够充分表达我爱她的意思，我想一定可以得到她的允许的。”

“那么，你现在怎么办呢？”

“所以我不能不找你帮忙了。我的意思，请你先向宝章谈及此事，如果他认为可以，以后我就可以同梦频接近。要是梦频不允，当然作为罢论，不过我想梦频一定是没有问题的。”

“好罢，就依你这样办好了。不过我现在还始终不了解，你为什么态度会变得这样快？”

“你知道，梦频真是太好了。我不知道为什么？我一亲近她，我心里就觉得有无限的快活。我一离开她，我心里总不断地想她。同她谈话，我精神上常常有一种异常的震动，使我不能自主。我对天大的事体，能够冷静，不过遇着她我却没有办法，有时一两句话，竟至使我脸红！”

“你不怕别人笑你吗？”

“我当然怕，要不然我心里也不会那样激烈地交战了。我尤其怕的是陈凌华。”

“陈凌华？是不是贵州人，明华毕业生？”

“对了。”

“我曾经会过他，人很不错，学问也很好。你为什么特别怕他?”

“他从前因为爱上了一个女子，来求我的忠告，我劝他顶好是痛快丢开，把全副精神放在学问事业上。他听没有听我的话，我不知道，不过他若是知道我改变态度，我倒有点难乎为情了。”

“你这件事，令我回忆起一个故事。”

“什么故事?”

“从前印度有一个妓女，美貌无双，不知道多少的人为她倾家荡产。后来有一位道行最高的僧人，决意去说这个妓女回心转意。僧人同妓女谈了三天三夜。妓女已经饱尝了人世风尘，听僧人指点，立刻恍然大悟，决意落发修行。然而这位道行最高的僧人，因为同妓女谈得太多，到反被她迷住了!”

“瞎说！天色不早；我们走一走回去罢。”

他们二人起身付了茶钱，走出水榭，再绕公园一周，登土山望望，然后走出门去。

“你为什么把女大演讲辞卸了?”张老表问道。

“因为我想如果在女大教书，又同梦频接近，要引起许多无意识的闲话，索性辞去了也好。”

“哦，原来如此！你真是深谋远虑!”

“瞎说！走罢。”

二十三

那时正是民国十五年三月十八日。

和暖的阳光，映射起十丈红尘，小小的尘点在空中飞舞。一冬凝结的冰，渐渐融化，街头屋角，都有消融的冰水。风吹起来，也不令人战栗了。马路旁边的黄狗，睡在日光里，懒洋洋地动也不想动一动。洋车汽车往来驰骤，都显出一种活泼气象。憔悴了许久的柳树枝头，也呈一种青黄的颜色，渐渐含一点春意了。

天安门大理石刻的栏杆龙柱，雪白耀目。正中空旷地方，搭了一座讲演台，台上插满了青天白日旗，台前悬有两件血衣，台上站了几十个人，胸前佩带着白布长条的徽号，上写着他代表的团体，职务及姓名。台下站满了千余的群众，人人手中都拿了一面小旗，上写着“反对八国通牒”，“经济绝交”，“打倒帝国主义”，“打倒段祺瑞”，“同胞起来”，种种的口号。还有许多大旗，上面写着各团体学校的名字。

一会儿一个穿青布马褂，蓝布长衫精神勃勃的人走到台前，手里摇铃，高声叫道："现在我们开会了。我们今天开会的目的，是因为大沽事件，本来是外人无礼，他们却仗恃兵舰，炮击大沽，昨天八国并提出最后通牒，要我们堂堂中华民国政府，替他们赔罪道歉。我们中国四万万同胞对此等事体如不反抗，就不替自己承认我们自己是奴隶！不啻承认我们自己是牛马！所以我们今天特别开国民大会，唤醒同胞一致誓死反抗。现在我们先请余伯虎先生出来演讲。"

台后转出一位面瘦身长形如老妪的人，提起嗓子，一个字一个字地演讲。他先简单讲鸦片战争以后，外国欺负中国的情形，然后再讲此次八国通牒的无理，后来他说道："他们帝国主义者，仍然想用从前的武力政策来压迫中国，他们不知道中国人已经不害怕压迫了。无论他们用多大的兵力，我们也不害怕——"

"不害怕！"台下群众都齐声高叫起来。

"——无论我们怎样牺牲，我们都不害怕！"

"不害怕！"台下又是一阵高叫。

"——就算他们打到北京，我们仍然不害怕！！！"

"不害怕！"台下更刺激地大叫。

"——绝对地不害怕！"

"绝对地不害怕！"台下更应声狂叫。

"不过我们要认清楚，外国人里边也有对我们表示同情的人，也有以平等待遇我们的国家。”

“你瞧，演讲的人在转变了。”衡山对宝章张老表二人道。

“不管他，再听听。”宝章头望着台上答应。

“——还有一点，更要请大家十二万分注意的，外国人其所以能够这般无理地欺负我们，都是由于我们有万恶的政府，他们与帝国主义者，里应外合，中华民国，活活断送在他们手里了。所以我们要打倒帝国主义，第一步要打倒恶政府！打倒卖国贼段祺瑞！”

“打倒段祺瑞！打倒段祺瑞！……”台下的群众，越是激烈，杂乱地高声叫嚷。

“你看他们在换题目了。宝章走罢。”衡山再对宝章说，张老表此时已经挤到前面去了。

“虽然是如此，”宝章答道：“但是今天这种关系国家体面的事情，我们仍然应该参加，既已经来了，怎么回去？并且平心而论，难道段祺瑞不应该打倒吗？”

“那末你把梦频叫回去罢。”衡山道。

“梦频同许多女大同学一块儿来，”宝章答道：“我若中途叫她回去，岂不令同学们笑她？并且听说北京群众素来爱国运动，都很有秩序，我想没有什么关系。”

衡山与宝章谈话这一会工夫，台上又出来一位演讲员。他讲话非常之快，又不是北京话，听不很清楚。不过他的态度非常激烈，两手像打拳一般地挥舞。他指着台前挂的血衣，说：“卖国贼叫卫兵刺伤我们的代表，我们非同他拼命不可!”台下也激烈地大叫“打倒卖国贼!”

他话讲完了，穿青布大褂的主席走到台前报告道：“现在开会已完，我们全体到执政府请愿。女生同小学生走前面，其余的随着走。大家不必怕，刚才接得报告，说执政府的卫队，已经全部被国民军缴械了。”

一千多群众，沿路喊起口号，一直走到执政府门前。当门一个小院，一座铁门，两旁都是砖墙，铁门外对面一堵旧照墙。门口站立二十几名大刀手，约一连执枪的卫队。到了门首，群众立刻站住，让代表前去交涉。代表同卫兵正在交涉的时候，忽然警卫队长银角一鸣，大刀队往左右散开，卫队全行跪下。再一声银角，劈拍，劈拍的枪声，似连珠炮一般地响，群众里马上打倒几十个。等到枪声刚歇，群众蜂拥而出。但是到铁门时，门小人多，小学生女学生均被挤倒在地，后来的人即从身上践踏而过。

衡山同宝章两人紧站在一块儿，枪声响后，他们伏下不敢动身，枪声停止以后，他们都争着逃命。到铁门时，挤倒的人，重叠起已有三四尺高。衡山宝章二人都先后攀跻而过，宝章一气跑出门首，回头一看不见了衡山，他在旁边站住，忽然看见孙碧芳出来，他刚要问她，接着又看见梦频狂奔出来，他连忙去搀扶着她，梦频面如土色，软倚在他身上。

“你看见衡山没有?”宝章问道。

“看见了，就是他把我救出来的。我被压在人下，腿抽不出来。我看见衡山过去，我连忙叫他，他跑来用力把我拉出来，但是忽然第二次枪声又起，他好像中枪倒了。他只挥手叫我逃，我就跑出来了。呵！衡山！可怜的衡山！大哥，你转去看看他罢。”

宝章急忙雇了二辆洋车叫孙碧芳坐上，扶梦频上车去。他飞奔回来，刚到门首，忽然衡山满身血迹，一跛一跛地跑出来，宝章连忙去扶着他，衡山已经不能言语了。宝章扶着他走了几十步，看见一辆洋车，马上把衡山扶去坐上，叫洋车向协和医院拉去，等一会他也雇了车，一同到协和医院来。宝章去时，旁的有好几个受伤的已经先在那里，一会医生叫把受伤的人都抬到里面去，宝章跟着进去。医生把衡山衣服慢慢解开，查验出他枪伤腿部，幸亏还没有伤着骨头，没有什么危险，大概两三个月就可以好的。宝章这下才放了心，动身回家里来。

到家里看见梦频睡在床上，面色还是雪白，父亲母亲同孙碧芳守着她。宝章告诉衡山的消息，说虽然带伤，并不要紧。梦频要立刻去看他，母亲叫她明天去。宝章也劝她不必着急，并且她的腿刚才压伤了，行动也不方便，梦频只好应允了。

二十四

第二天早上梦频果然同宝章一块儿去看衡山。

衡山睡在床上，面如土色，有时疼痛难忍，不断地呻吟。

“呵，宝章来了，梦频也来了！梦频你昨天大概受惊了罢？该没有什么要紧呢？”衡山看见他们来说道。

“不要紧。你怎么样？”梦频转问道。

“医生看过了，说伤势不重，两三个月就可以好。哎——”衡山说着，一侧身，不觉呻吟起来。

梦频看见，心里不觉恻然！

“痛吗？该不要紧罢？”她柔声问道。

“不要紧，不要紧，没有关系！”衡山说完，强笑一笑。

“我真不知道怎样感——”

梦频刚说道这里，忽然门帘起处，张老表进来。

“呵，原来你们都在这儿。衡山你现在比昨晚好点罢？昨晚我回去，告诉婉英，她非常不放心，今天早上一定要来，我怕她病势增加，所以劝她没有来。怎样好一点罢？”

“好一点，不过有时有点疼。”衡山答道。

“这次事体真危险！”张老表摇头道：“开枪时，我伏着不动。起初我还以为向天放枪来威吓的，后来我看见地上尘土打起来，我才知道不妙。身旁蹲着的一位约十五六岁的中学生一交躺下，头上喷出血水，把我左腿半截白布裤子全染红了。我吓得魂飞天外，看左边有个马房，连忙跑进去躲着，继续又跑来了二三十人。大家都以为很安全了，那知忽然来了一位军官，手里拿住连糟枪，向我们连放两枪，我们中间一人登时倒地。其余的没命地抢出来，刚出马房，几个大刀手，用大刀拦住横砍，有一位女生，登时倒地，脑袋砍在一边。”

“真正惨无人道！你知道她是谁吗？”宝章问道。

“听说是燕京大学学生。他们因为是教会学校学生，别人都说他们是帝国主义者的走狗，所以他们对于爱国运动，特别热心。这次来的尤其多，谁想到会这样子！”

“后来你怎样逃出来了？”宝章问。

“真不容易！我起初本想从大门出去，但是大门人已经塞满了，我向旁边翻墙，但是墙又太高了，两次上去攀住墙边，手捉不稳，又跌下来。到后来我拼命才得上去，墙下好些女学生，看见我上去了，都哭喊我‘救命’。我本来想拉几个上来，忽然第三排枪再响，我一翻身就滚出墙外。”

“那些女学生呢？”梦频问道。

“谁知道？那时候，各人只顾逃命，谁还顾得谁？我的同学王灵山连他的未婚妻都不管就跑出来了。出来后，他才想起，再跑转去，劈头就遇着一个拿马鞭子的兵，一路的马鞭子，把他打出来。后来听说他未婚妻已经中弹死了。”

梦频听说，心里不觉惨然。

“我真奇怪！”宝章道：“人一到了危险的时候，自私自利的兽性，完全表现出来了。当出门时，大家争着出去，后面的人都极力把前面的人推倒，从身上过去。后来地下人堆得多了，都从人堆上翻过去。但是这也是很不容易的事，我刚翻上去，后面的人都死死地把我的腿拉住，想把我拉下，他们好抢上去。好容易我才把脚拉出来。”

“对了，我就是这样被人压住，出来不了的。”梦频道。

“后来你怎么办呢？”张老表问道。

梦频刚要说，忽然脸红不说了。

“幸亏衡山在旁边把她救出来了。”宝章道。

“呵！就是衡山吗？我早知道他会的。”张老表道。

一个身穿白衣，头扎白布的看护妇，像一只白蝴蝶飞进屋来。把验温度的玻璃管给衡山含住，停一会，写下记录，出去。隔一会，又拿一瓶药水来，倒了一满匙，让衡山吃，衡山从她手里把药水一气饮干。看护妇看一看四围，笑一笑，走出去了。

“中国现在的政府，”张老表道：“真是太不成话！当初先祖张文愍公执政的时候，那里是这个样子？”

“张文愍公是已经过去了，”衡山道：“但是难道不能再出几个张文愍公，把中国重新弄好吗？只看大家努力程度如何而已。中国一时虽然紊乱，我们又何必灰心丧气？不过我觉得有一点很要紧的，就是要打破英雄思想。不为作官，不为发财，不为当领袖，只要我们认为是，马上就牺牲一切向前作去。即如我罢，虽然是一个大学教授，真要到必要时，我就投身去当一名小兵，持枪打仗，做一个无名英雄，也愿意的。要是有多数人能够抱这种决心，中国就很有希望了。”

衡山只顾高谈阔论，好像把疼痛完全忘去了。

“你固然有这种决心，但是你敢定多数人都有这种决心吗？”张老表问道。

“我将以我的决心来激发多数人的决心。”衡山答道。

“但是你的决心能够永久吗？”张老表再问道。

“当然能够，为什么不能？”衡山道。

“你如果要下这种决心，你就应当抛去其他人世间一切的留恋，但是你能够抛去一切吗？”

看护妇忽地进来，恭敬地道：

“你们来得很久了，病人太费精神，请你们让他休息休息罢。”

他们三人只好叫衡山好生保养，出院去了。

二十五

衡山的枪伤，一天天地好了。

在病期中，宝章梦频常常去看他，有时宝章太忙，梦频就一人单独去看。在这个时候，张老表已经找机会把衡山的意思告诉宝章了。宝章本来对衡山就很钦敬，这次衡山又舍死救了梦频，他心里更是感激，所以张老表一提起，他说只要梦频肯，他是极端赞成的。后来宝章又直接同他父亲母亲讲了，他父亲也极其满意，母亲虽然还是异常小心梦频的婚姻，不过对衡山这样的人品，学问，地位，更兼他这次为梦频的牺牲，也觉得是顶好不过的事情。因为这个关系，所以梦频家里的人不但不阻止梦频去看衡山，而且常常劝她去。梦频对衡山也很感激，当然也愿意去。

两个多月的工夫，梦频都是不断地到医院去。她顺便请教衡山许多的问题，衡山都详细地替她解释。在梦频方面，虽然完全是为感恩，所以对衡山异常关切，然而在旁人看起来，都以为梦频把衡山作情人了。她哥哥是这样想，她父亲是这样想，她母亲是这样想，张老表这样想，医院的看护妇也这样想，衡山的想法与别人也没有什么不同。

每当梦频来时，医院的看护妇老向衡山笑道：“许先生，你的意中人来了。”衡山口里虽然是“瞎说!”然而心里却感觉到一种异常地快活。张老表来时，老是问他：“衡山，现在有几分希望了？快成功了罢？我这次的媒，一定做成了!”

每当梦频回家的时候，她母亲老问她：“你今天去看衡山没有?”

“去了。”梦频答道。

“怎么样？快好了罢?”

“快好了，不过还要将息些时候。”

“衡山这样的人真难得，别人谁肯舍性命救人？你以后应当不要忘记他才好。”

“当然不会忘记他。”

这样的问答，在她们母女间差不多隔一二天总有一次，然而梦频并不觉得什么。可怜的母亲！她怎么知道梦频的心事？可怜的梦频！她怎么知道她母亲的胸怀？

不知道为什么？凌华近来对梦频写信越是勤了。

有时一星期一封；有时两三天一封，往往四五封同时并到。他说：他近来非常想她，恨不能飞渡太平洋来看他亲爱的梦频，只要能够见一面，他精神也有无限的安慰了。他说：他常常做梦，梦着他们两人在西湖葛岭山头，极目远眺。他说：他最近作了一个梦，却把他吓坏了，他梦见梦频为一恶魔抓去，他自己却被恶魔打倒在地，不能动弹！他说：别人都说别离可以医好爱情，然而他却越离别爱得越厉害，他相信梦频一定同他有同样感触的。他还说：不知道有多少时候，他一个人独自躺在床上，回想他们从前一切恋爱经过的情形。不知道有多少时候，他接她来信，感激得流泪不能自止。有不知道多少时候，他烦闷到极点，把梦频的像片来看一看，他立刻就快活了。更不知道有多少时候，他望着清清的明月，想着他不能与梦频朝夕聚首，他又悲哀了。

最近他说：听说明华大学拟定有一新章程，为便留美学生，熟习本国情形起见，已赴美者如有特别题目须回国研究，可以中途回来，来往路费，可津贴一半；一二年后，再赴美国，仍可继续领取官费。如果这个章程通过，他很想借此机会回国一趟，一来可正式向梦频家里求婚，二来也可略知本国情形，免得将来回国，茫无头绪，不知从何下手。

梦频越多读他的来信，心里也越是思念他。从前她对衡山还有一些胡思乱想，现在早已一扫而空，专心致意地纪念她的凌华了。

两星期以后，凌华第二封信告诉她，说回国章程已经宣布，他已经去留美监督处请求去了。至于路费，他两年来撙节的数目已经不少，宝林又愿意把省下来的钱帮助他，也可以不成问题了。

梦频心里异常高兴，她睡梦里都想着凌华。

同时衡山的伤口渐渐痊愈，两星期后，居然可以略略缓步了。医生还是劝他多休息一些时候，免得创口破裂。衡山只好又睡了两个多礼拜。到六月中旬，他居然搬出院来。

出院以后，亲戚朋友都很高兴，尤其是梦频家里的人。梦频的父亲，常常请衡山到家里去玩，衡山也喜欢去，以后差不多间一两晚上总要到他们家里来谈一次；衡山居然好像是他们家里的人一样了。

虽然衡山与梦频彼此渐次亲密，什么问题都谈到，梦频也觉得没有从前那样怕衡山，衡山也不像从前那样轻蔑梦频，然而衡山还是始终没有提半个字，表明他的爱情。他看见梦频一天天地接近他，他想早迟是一定没有问题的，所以他也一点不急了。梦频因为衡山一个字不涉及爱情，也就坦然无虑地同他来往了。

他们两人就是这样的往还，旁边的人就是这样的看着，然而谁知道他们各人心里的事情？

在旁人中只有一个人看得清楚，心里恐惧，而又不敢多说的，就是孙碧芳。碧芳替凌华转了两年多的信，而且从前经过宝林梦频详细的告诉，所以对于凌华梦频的关系，知道得非常清楚的。近来她看见梦频与衡山那样亲密往来，各方面的人都以为他们互相恋爱，她心里很着急。她固然不敢怀疑梦频变了心，因为梦频与凌华的关系太密切了，不过这样情形，如果继续下去，万一有点差池，岂不把凌华的性命白送了吗？

她有好几次要想劝梦频不要同衡山太亲密，总觉得难于出口，固然她同梦频有很深的友谊，然而无论如何好的友谊，这种话是不能轻讲的，因为万一讲错，第一是看轻梦频的人格，第二是看轻梦频与凌华的爱情。

“梦频，今天你又到医院去看衡山了吗？”有时她这样问。

“去了。”

“衡山好像很喜欢同你谈。”

“对了。”

“明天还去吗？”

“母亲叫我每天去。”

孙碧芳到这里好像再也说不下去了。后来衡山出院以后，孙碧芳又常常这样问梦频。

“梦频，昨晚衡山又到你家来玩了吗？”

“来了。”

“他好像很喜欢到你家里来。”

“对了。”

“明晚他还来罢？”

“母亲叫他明晚来。”

孙碧芳到这里依然是一句也说不下去了。后来她又另想问题问梦频道：

“梦频，凌华说他回国的事体怎样？”

“他说大体已经没有问题，六月初已经动身了。”

“他来北京可以会见衡山了？”

“他当然要会他，衡山是他最佩服的朋友。”

“凌华要是知道衡山救了你，他一定很感谢衡山罢？”

“对了。我想他一定很感谢他。”

“要是衡山知道你同凌华好又怎样？”孙碧芳大胆地问。

“这又怎样？我不懂你的意思。”

“我说要是衡山知道你同凌华好，我想他会高兴罢？”

“对了。我想他会高兴；他有什么不高兴？凌华不是他的好朋友吗？”

“对了。不错。他们是好朋友。……老实说，梦频，我想你一定已经告诉凌华，你认识衡山的事情了，我想他一定很高兴罢？”

“我还没有告诉凌华，我认识衡山的事情呢。”

“没有告诉吗！”孙碧芳惊异道。

“没有告诉。”

“连三一八救你的事情，也没有告诉吗？”

“也没有。”

“这就奇怪了！”

“这有什么奇怪？我心里就是不高兴告诉。并且我也不定要事事都告诉他。”

孙碧芳听见梦频这样讲；虽然心里很奇怪，也不便再问下去了。

二十六

凌华在七月初就到了上海，马上打一个电报给梦频，稍停一二日，就急急忙忙地赶到北京。

到北京他本来想立刻就到梦频家里来，后来他想晚上去也许不便，反正已经到了北京，还忙什么？他暂住在北京旅馆，决定第二天早上去。他当晚就去找衡山，衡山看见他来非常高兴。吃完晚饭，他们两人到北海五龙亭去吃茶。

天气虽然炎热，凉风从水面吹来，夹着荷花香气，使人遍体生凉。对面漪澜堂灯光映入水中，闪灼荡漾。月光从东边射来，照耀来往的游船，历历如绘。

凌华在美国住了几年，一旦见着故国景色，已经心旷神怡了，何况当着北海的良夜？他当时心里充满了愉快的感情。他说道：

“衡山，异乡的风景无论如何明媚，总不及故国的湖山。在美三年，我也游历过许多地方；好虽然好，对之总不能发生深挚的感情。在本国却处处都能使人留恋了。”

“何尝不是？我从前很早就随着父亲到英国，却是始终忘不了中国，常常回想到中国的一切风物景色。人类始终是有感情的，在某一个地方生长的，对于那一个地方不知不觉的就发生出一种深挚的感情。”

“对了。尤其是在那一个地方，你同你最亲爱的人曾经流连往还过的。即如西湖，我现在差不多一生一世也忘不了的。西湖的风景，真是太美丽了；西湖同我的关系，真是太密切了；世界上再也找不出一个更能令我留恋的地方了。”

凌华不觉回想到四年前在西湖的情形，默然不语，停一会再说道：

“衡山，时间过得真快！回想起我们两人在上海半淞园谈话时，现在转瞬就是三年半了。”

“哦，对了！你那时不是告诉我，你对一位同学的妹妹发生了爱情吗？我不是还劝过你吗？现在怎样了？”

“我真对你不起，”凌华赧然道：“当时你虽然劝我一刀两断，把全副精神用到学问事业上去，但是我那时爱得太厉害了，心里辗转了好些时候，终于没有采纳你的话。幸亏还好，虽然我们到现在还没有正式结合，不过我们的爱情仍然是很稳固的。我这次提前回国，一方面固然为研究国情，一方面也想把这个问题，趁此机会，圆满解决。她家已经搬到北京来，所以我在上海也没有多停，就赶来了。”

“说起来真好笑!”衡山深深吸一口纸烟，说道:“从前我劝告你，现在恐怕你也许会劝告我了。”

“为什么?”凌华不解道。

“为什么?”衡山微笑道:“因为我也发生爱情了。”

“你?你，发生了爱情，”凌华惊疑道。

“对了。”

“真的吗?”

“真的。”

“这就太奇怪了。究竟是怎么一回事?是那一个女子?居然能使你也改变主张了?”

黑云忽地飞来，把月光遮住，大风忽起，接着一阵大雨下来。他们的茶桌本来靠近栏杆，此时飘满了雨点。衡山连忙叫茶房来把茶碗杂物移到里边去。

二人坐定后，凌华急于要知道衡山恋爱的经过，叫衡山快点讲。

“何必这样性急呢?”衡山笑道。

“不是性急，因为你这次变迁太出人意料之外了。”

“不但出人意料之外，也出我自己意料之外。我从前很早就主张抱独身主义，对一切女子，我都视如粪土，不过这次爱情发生，竟使我不能自主起来。我曾经奋斗过好多次，不过终于不能自脱，所以我不能不修改我以前的主张了。”

“这倒没有什么大不了的事情，不过我很愿意知道，爱情对方是一个什么样的人，居然能使你动心了？”

“她是我一位朋友的妹妹，是女大的学生，因为我同她的哥哥都在北大教书，所以就认识了。她是一个富有思想的女子，性情，品格，容貌样样都不错。她愿意接近我，因为智识方面，我能够指导她。虽然我起初对她发生了爱情，却没有接近的机会。后来三一八的惨案，我拼命把她救出来，自己却受了伤，她同她家里的人都非常感激我了。在医院时，她差不多每天来看我，我们的感情也一天天地进步。后来我托人把意思告诉她的家庭，她哥哥极端赞成，父亲母亲都很高兴。出院以后，我不断地到她家里去，我们现在差不多一天不见面就不快活了。”

“那么你快成功了。我准备吃你的喜酒罢。”

“你也许觉得我改变得奇怪罢？不过，凌华，我这次所遇的女子实在是太好了！我想要是你先会见，你也会发生爱情的。”衡山说完，呵呵大笑。

“这倒不见得，因为我所爱的女子，真是人间第一，决难有第二个能够胜过她。我现在颇有‘曾经沧海难为水’的景况，这颗心是决不能再动了。”

“也许是‘心有所爱恋，则不得其正’罢？不管它，我们以后再看好了。”

“你已经求婚没有？”

“没有。不过这没有多大关系，反正是她家庭是赞成的，她是爱我的，也没有旁人同我竞争，只要我一提出，什么事都定规了。不过我想缓一缓，倒多有点趣味，因为一个人最快活的时候，不是在他已经达到目的的时候，是在他很有希望达到目的的时候。这种时间越延长，趣味也越浓厚，不然就变成猪八戒吃人参果，一口吞下去，没有尝出半点味道来。”

“妙！妙！你好像对爱情很有研究了。不过我想最好还是不要延长得太久，久了也许会生出变化来，那时却失悔不及了。”

“当然也不应该太久，我也打算在最近就正式提出。”

“对了。我很赞成。你的情形同我的不同：我向本人提出，却没有向家庭提出；你向家庭提出，却没有向本人提出。我是因为当时对方面的母亲主张迟，所以没有办法，你现在什么问题都没有了，何苦再迟延呢？”

“是的，是的。你在北京大概还要住好久罢？”

“我想至少也得有一个月。我想先解决我的婚姻问题，然后再准备回贵州。”

“我希望你快成功。”

“我也希望你快成功。”

“夜深了，我们回去罢。”

“好。”

风雨已经停了，一轮明月，又高悬天际。当凌华坐车回北京旅馆的时候，已经一点过了。

二十七

凌华第二天八点多钟起来，早餐过了，就急急忙忙地坐车到梦频家里来。

在车上他心里不断想：梦频现在不知道怎样地美丽了？她要是看见我来了，她不知道会怎样的高兴呢？我会见她要先讲什么话才好呢？我会着她母亲，要讲什么话才好呢？此时已经九点过后，她父亲也许已经到车站去办公去了罢？他要是会见我，一定很喜欢，因为他从前就很喜欢我。

他把手提箱打开看一看，宝林托他带的东西家信，都没有忘记，通通带来了。

一路胡思乱想，忽然洋车停住，原来已经到了门首了。

他看看门牌号数，付了车钱。刚要去敲门，忽然心跳动得很厉害，他想这一敲门，谁知道？也许梦频就亲自来替他开门了！

他迟延了好一会，觉得心里稍为安静一点，然后用战栗的手去敲门。

等了好一会，门开了，原来不是忆想的梦频，却是老态龙钟的李妈！李妈向他端详了一阵，忽然叫道："哦，原来是陈先生！请进来。……请在客厅里坐。……大少爷，陈先生来了！"

凌华到客厅坐下，李妈盛了茶，接着宝章就进来了。他们在美国曾经会过面，这次再见，彼此都很快活。停一会，宝章的母亲也进来了。凌华问了好。把宝林带的东西，从手提箱里取出来。宝章把信拆开，读与母亲听。

凌华又讲了许多关于宝林的情形。他说宝林在美国很快活，读书也极有进步。他非常之活泼，喜欢同美国学生一块儿往来，加入他们的各种团体活动。他身体比从前高大结实多了。

"二妹为什么不见?"凌华问道。

"她自从知道你到上海，就盼望你，每天都在家等你；今天因为有点特别要紧的事情，到女大找孙碧芳去了。大概午后三四点钟就会回来。"宝章的母亲用不完全的官话答道。

"伯母居然会讲官话了！二妹恐怕长得更高了罢?"凌华再问道。

"比从前高一点，不过没有从前那样调皮！"宝章的母亲笑道。

“读书想来更有进步了?”

“我不知道有没有进步，不过她侥幸得着一位很好的先生，常常来教她。”

“哪一位先生?”凌华问道。

“就是我的一位朋友许衡山，北京大学的教授。”宝章答道。

“哦……”凌华好像忽然听见一个青天的霹雳。

“衡山人真好!”宝章的母亲道：“三一八惨案的时候，他本来已经逃出，看见梦频压在人丛里，他又转去奋勇把她救出来，他自己却中弹了。”

“哦……”凌华心里一阵难过，口里却讲不出话来。

“现在他对梦频很好，梦频也很喜欢向他请教。今天晚上他也许再来呢。”宝章的母亲继续地说。

“那么……二妹现在很喜欢他了!”凌华苦笑地说一句，眼里感觉到一股辛酸，他几乎要流泪了。

“二妹当然喜欢他。她对衡山素来就很好，经此事后，她更感激他。衡山住医院时，她每天都去看他，现在他们彼此感情是非常之好。”

“那么……二妹以后算是终身有托了!”凌华愤恨地说。他眼前火星乱碰，好像要晕倒了。

“还不是吗?总算她的福气好，能够得着衡山这样的人。”不解人悲痛的母亲还只顾得意地说。

“今天对不起，我有件异常重要的事情，我此时不能不告别，只好改天再见了。”凌华此时无论如何忍不住了，连忙起身告辞。

“何必这样忙？午饭也不吃？”母子二人齐声道。

“事体很要紧，改天再来叨扰好了。”凌华说着立起身来，走出客厅。母子二人只好跟着出来。

“晚上转来好了，衡山届时一定来。”宝章道。

“谢谢，恐怕没有工夫，大概不能来了。”

凌华急忙走出，到街上也不讲价，跳上一辆洋车；催着车夫如飞地拉回去，他在车上已经忍不住流泪。

快到旅馆门首，他恐怕被人看见把眼泪拭干，跑进屋子，把门锁上倒在床上，放声痛哭。

他现在才知道一切都完了。梦频家里的人都极力地主张了，衡山也热烈地爱恋了，梦频也愿意了。他，他还有什么？他一切的希望都打破了！他的灵魂从今后没有归依了！三年以来，朝夕想念的人已被别人抢去了！抢去的不是别人，就是他平生最佩服的好朋友！

他想到他最初与梦频相见的时候；他想到他们在西湖相处的时候；他想到他向梦频表示爱情的时候；他想到他离国前重到西湖的时候；这些甜蜜的回忆，不堪的回忆，一页一页地涌上心来，然而通通成过去了！

他把箱子打开，把梦频给他的信，重新诵读；梦频确是曾经热烈地爱过他，你看，这些话讲得多么动人呵！他取出梦频的像片，梦频真是太可爱了，无怪乎衡山眷恋了她。然而衡山并不知道，梦频，你却如何变了心了？你在我回国前不是还同我通信吗？还高兴知道我能够回来吗？怎么在这两个多月，你就不爱我了？也许你是感激衡山救命之恩罢？然而，你不是说你的心已经跟我了吗？如何你又可以再跟他人？呵，梦频！你如何舍得丢开我？你如何忍心丢开我？

人世间一切都是空茫，只有我们彼此爱情中，我才感觉到一点人生的真意义，难道这一点现在也要烟消云散了吗？难道生命途程中，始终找不出一样真的事情吗？始终找不出一样久的东西吗？呵，人生！可诅咒的人生！我曾经把我的热情来温暖你，你却是始终冰凝着面孔。我曾经把我的热泪来灌溉你，你却始终铁硬着心肠。我曾经用全部灵魂来扶持你，你却始终残忍着手腕。我的声嘶了，力竭了，泪干了，心灰了，望绝了，我没有勇气再生活下去了！

他悲痛之际，忽然听见敲门。

“先生用过饭没有?”这是旅馆伙计的声音。

“不用了!”凌华答道。

他倒在床上，足足哭了一下午。到傍晚的时候，他疲倦已极，渐渐地睡着了。

他忽然觉得他在西湖了。他独立在葛岭山头，俯视下面醉人的湖光山色，顿觉心胸开畅。一会儿梦频也来同他并肩坐下了。梦频斜倚在他的胸前，他用唇吻她的黑发。他忽然想起早上的事了。

“梦频，你为什么爱衡山了?”

“才怪！谁爱衡山? 老是‘衡山’‘衡山’，讲得真讨厌!”梦频娇憨地说。

“你母亲不是说你同衡山彼此很好了吗?”

“才怪！你同衡山才很好呢!”梦频仰首望他，柔媚地笑。

“哦！二妹！我错怪你了！请你不要怪我!”

“谁怪你? 只要你不怪我就好了。”

凌华把梦频的头轻移过来，两眼凝视着她，他沉醉了，他的心魂荡漾了，他要俯首去吻她了。

忽然听见步声，他回头，看见衡山一步步踱上山来。

“梦频！梦频!”衡山向梦频招手。

倏忽间，梦频在衡山怀抱里了。

“梦频！你怎么同他去了?”凌华惊骇地高叫。

梦频一言不答，衡山用手搂住她。

凌华跑上前去。

“衡山，你为什么把我的梦频抢去了?”他怒目问衡山。

“我把你的梦频抢去? 你说的什么话? 梦频爱我，我爱梦频，怎么叫做‘抢去’?”衡山冷笑道。

“梦频从前就很爱我了。”凌华道。

“从前当然很爱你，不过现在她爱我了。”衡山声色不动地道。

“我不信！梦频刚才不是同我在一块儿吗？”

“不信你问她好了。”

凌华转眼看梦频，梦频一句话不讲。

“梦频，你怎么也不理我了？”凌华着急道。

“谁不理你？”梦频转问道。

“你为什么不爱我了？”凌华再问道。

“我不爱你又怎样？这是我的自由！”

梦频说完，携着衡山的手走了。

凌华昏厥在地上，好一会，他忽然听见一种声音。睁眼一看，原来仍然睡在床上，细听伙计在敲门。

“陈先生，有客人来会。”

“谁？”

“他说他姓许，北京大学的。”

凌华惊得呆了！

一阵脚步声音，衡山来在门外叫他，他没有法子只好开门。

二十八

“今天晚上，”衡山坐下道：“我要到一个朋友家里去，所以——干吗你眼睛这样红?”

“今天——一早——起来眼睛就疼痛，不知道为什么?大概吹了风，尘土进去太多了。”

“呵！北京的尘土本来很多。不要紧，休息休息；明天就好了。我本来想约你到一个好地方去，现在既然你的眼睛痛，只好改天再去了。”

“哪儿去?”凌华问。

“你猜。”衡山眉飞色舞地道。

“我猜不着。”

“你试一试。”衡山好像高兴得很。

“你说好了。”凌华懒声道。

“我要到我爱人家里去！我想约你一块去也不错。她哥哥也是留美学生，人很好，你们一定谈得上，你初到北京，多认识一两位朋友也不错。并且我还可以向你证明，我昨晚上讲的话，确没有错。她，她真是太好太好了。”

衡山只顾痛快地讲，凌华的心几乎要裂了！

“凌华，现在我才尝着爱情的滋味了。我从前的生活，真是太紧张了，太单调了，现在才真有意义！不知道为什么？我自从爱她以后，我的人生，我的宇宙，我的一切，都变换了。她真是一个圣灵的天使，她真是一个理想的美人，她真是绝对纯洁的结晶！可惜你今晚不便去，不然，你一定会惊叹的。”

“对了，很可惜！”凌华惨笑道。

“不要紧，改天我一定约你一同去好了。我昨天晚上回去仔细想了你的话，你不是劝我不要再迟延吗？越想我觉得你的话越对，我现在打算在最近就正式征求她的同意了。这也不过是一种手续，我想她决没有不答应的。我现在确乎是一刻也不能离开她了。一离开她，我心里总是丢不下，她简直成了我的生命了！”

衡山的话，句句都刺进凌华的心，凌华难受极了！他用双手蒙着眼，头低下来，手腕挣在膝上。

“怎么样？眼睛又痛吗？”衡山关心地问。

“对了。痛得厉害。”凌华只好随着答。

“我看顶好还是找医生，王府井大街有一位眼科医生，同我感情不错，他本事非常之好。我同你一块儿去看，好不好？”

“不必——我现在不想出去——痛得很——明天去好了。”

“坐汽车去，很快，不要紧。”衡山道。

“不去，不去，痛得不能走。”

“你既是不能去，我去把医生接来好了。”衡山说着，就动身出去。

“衡山，不要去！小小一点眼痛，有什么关系？”凌华叫道。

“痛得那样厉害，怎么说没有关系？谁知道？也许发生很大的病痛来。你在床上躺一会，我不久就转来。”

衡山不管凌华阻挡，一直跑出去。凌华听见衡山叫伙计的声音，打电话叫汽车的声音，一会，汽车开动的声音，衡山果然去接医生去了。

衡山对凌华这样的热情，使凌华受了深深的感动。他回忆起衡山对他许多的好处。经济上的援助，使他在明华能够安心读书，已经是难得了。智识方面，精神方面，都曾经得着他不断地鼓励指导。衡山为人是极讲义气的。

他失悔，他从前应该把梦频的姓名详细的告诉衡山，衡山一定不会夺他所爱了。然而衡山现在半点也不知道，他怎么晓得他已经成了凌华的掠夺者呢？

“如果我告诉他怎么样？”

凌华心里不禁这样想。也许衡山因为友谊的关系与梦频断绝关系了罢？不过据衡山讲起来，他已经热烈地爱梦频，一旦若与梦频关系破裂，精神上定然要受极大的痛苦的。至于他呢？难道他能与梦频再好吗？梦频已经很爱衡山了。衡山就与她断绝，恐怕她也很难再爱凌华了。

如果对衡山讲，结果是一点好处也得不着的，白白地把梦频衡山都牺牲了。

他又想起刚才衡山的话了。“我现在确乎是一刻也不能离开她了。一离开她，我心里总是丢不下，她简直成了我的生命了！”

衡山！可怜的衡山！你知道你爱的是谁吗？

如果不告诉衡山呢？我自己同梦频的一切，岂不是通通断绝了吗？梦频！我怎么舍得你？你也许可以不爱我，但是我怎么能够不爱你？并且我心上的创痕太深了，没有你，我怎么能够生活得下去？

一点多钟已经过去了，凌华始终想不出一个办法来。

汽车声在旅馆门首叫，一会衡山同一位身材矮小面貌慈祥的医生走进屋来。

“怎么样？还痛吗？”衡山问道。

“现在好像好一点。”凌华答道。

医生把凌华眼皮翻开，仔细考验了一阵，说他的眼病很厉害，打开药匣，拿出一瓶药水，用玻璃管打进一些黄黑药水进眼睛去。又拿出一小瓶白药水，一个玻璃管，一些棉花，叫凌华以后每天点四次。他说病体虽然厉害，不过有他的药水抵住，绝没有什么危险的。交代完后，他匆匆就走了。

“现在好一点吗?”衡山问道。

“好多了。”凌华答道。

“我现在要去了，恐怕他们等得太久。这个医生不错，我想你明天一定会好的。好，再见！明天我一早一定来看你。再见!”

“再见!”

二十九

衡山匆匆忙忙地赶到梦频家里去，已经快九点了。他进客厅去，只看见梦频的母亲。她问他为什么这样迟才来，衡山说他去看一位朋友，因为这位朋友病了，他去替他接医生，所以迟了。

“什么病？该不要紧吗？”

“眼病，疼痛得很，医生上药以后，好一点了。他是我顶好的朋友，初到北京来，熟人不多，所以我不能不照料他。你等得太久了罢？真对不起！”

“不要紧，早迟没有什么关系。”

“梦频为什么不见？老伯到那儿去了？宝章为何也不在？”衡山问道。

“宝章同他父亲被铁路局长请去吃饭去了。梦频在书房里。你去找她谈罢。我到厨房去看看李妈东西做好了没有？”

梦频的母亲出去了。衡山走进书房。梦频下午回来听见母亲讲凌华来，心里很失悔，不应该出去，此时不知道怎么办好？一人坐在书房里，把书翻开也不能读，只是闷闷地想，所以刚才衡山同母亲讲话，她也没有心情理他了。

“二妹读什么书？”衡山进去在隔桌一张椅上坐下问道。

“吴梅村的《诗集》。”

“你觉得他的诗怎样？”

“好极了！尤其是他的七言古体，又雄伟，又宛转，又流利。”

“你最喜欢那一首？”

“我想《圆圆曲》顶好了！”

“我也最喜欢，曾经读过许多遍。你看：‘痛哭六军皆缟素，冲冠一怒为红颜’两句，把吴三桂形容得多刻骨，用语多工稳？”

“我真不解，吴三桂那样英雄何以为着一个圆圆，把什么都不顾了？”

“我想这也是很平常的事情。英雄儿女，总是脱离不开的。越是有才气勇力的人，越容易堕入情网。他们以为天赋才气勇力，不得美人青眼，是没有意义的。你看欧洲中世纪的骑士，都以保护女子为天职，就是这种心理，其他历史上这样的例更不知有多少呢？”

“你以为他们这种态度是正当的吗？”

“从前我很激烈反对这种态度，以为是绝对不应当的，不过现在我的态度却完全改变了，我以为吴梅村所说的‘英雄无奈是多情’，真是确切不移的了。”

“为什么你的态度忽然改变了呢？”

“因为——因为——”衡山有点难说了。

“因为什么？”

“因为——我遇着天下第一的美人了！”

“什么？”梦频惊异地道。

“梦频！”衡山充满了情感地道：“我现在再也不能隐藏我的意思了。我第一次会见你时，我心里就发生了异样的情感。以后我一天天地爱你了。我爱你完全是出于自然，我自己也莫明其妙，我完全失掉了自主的能力了。这一年以来，我没有一刻不想你，一离开你，我好像觉得什么都没有意义，因为你把我全部生命都改变了。你是我的灵魂，你是我生命的原动力，要是没有你，我简直不能生活了！梦频！你能够允许我以后永远不离开你吗？能够永远让我崇拜你吗？梦频！”

“衡山！”梦频大惊道。

“梦频！现在只要你答应，什么都没有困难了。我曾经把我对你的爱情，告诉你哥哥，父亲，母亲了，他们都很愿意，我心里蕴蓄了好久，我都不敢同你讲。几次话到口边，我又忍住了。梦频！你答应我罢？只要你答应，什么一切都光明了！梦频！你应允罢。”

梦频惊异得说不出话来，她起身两步走到沙发上，无力地斜倚坐下，把头藏在两手中。

“梦频！我真是真心地爱你。我现在是绝对不能离开你了！”

衡山说着走近身来。

“衡山！你错了！我万万不能答应！”梦频抬头道。

衡山停步，退回；仍然坐在椅上。

“为什么呢？”他问道。

“理由我不必说，不过一定不行！”梦频坚决地道。

“我有什么不好的地方，使你讨厌我吗？”

“没有。”

“我在什么时候得罪过你吗？”

“没有。”

“你不相信我真心爱你吗？”

“我没有什么不相信。”

“那么为什么呢？”

“衡山，你不必逼我讲罢，此事在我真是万难。一切，请你原谅我好了！”梦频说罢，不觉哽咽起来。

衡山心里难过极了，同时他却猜不出个究竟来。看梦频这个样子，当然是有难言的苦衷，不过这又是什么呢？他想了好久，始终摸不着头绪。难道梦频已经爱了别人吗？他想一定不会有的。要是有，是谁呢？他知道梦频素来就没有旁的什么男朋友的。并且梦频平素非常稳重，不容易轻同别人相好的。要是没有，究竟为什么呢？

他默默地坐了好一会，梦频还不断地哭泣，他也不敢再问她。

他忽然听见外间有敲门的声音，走出去一看，原来宝章同他的父亲两人回来了。他们彼此问候了一两句，随着都进了客厅来。桌上碗筷都摆好了，他们都就坐，预备吃晚饭。李妈出来说："二小姐说她身体不舒服，要早睡，不吃饭了。"

"大概又受了暑罢？今天她又出去跑了一天。"宝章的父亲道。

李妈每人先盛了一碗荷叶粥，然后陆续盛上菜来。宝章同他的父亲，因为午饭吃得迟，都不能多吃，吃一碗饭，就停箸了。桌上剩下许多的菜，他们都劝衡山，衡山也吃不下。

"可惜凌华今天那样忙，不然，一块儿吃岂不好吗？"宝章叹道。

"不知他有什么事？连午饭也不肯吃。"宝章的母亲道。

"你们讲的是谁？"衡山问道。

"陈凌华，从前同宝林在明华顶好的朋友，现在刚从美国回来。"宝章答道。

"哦，原来你们也认识凌华吗？"衡山惊异道。

“他同宝林四年前曾经来西湖住了一个暑假，他是很好一个子弟。”宝章的母亲道。

“那么，梦频同他也相熟了？”衡山更惊异地道。

“还不熟？梦频宝林同他三人，一天到晚一块儿玩，好像三兄妹一样。梦频那时调皮极了。”宝章的母亲道。

衡山仰视不语。

“凌华今天来见着梦频没有？”停一会他问道。

“没有。因为梦频已经去找孙碧芳去了。”宝章的母亲道。

“他讲了些什么话？”衡山又问道。

“他好像忙得很，把宝林带回的东西交卸，问了几句关于梦频的话，他匆匆就走了。”宝章道。

“他问几句关于梦频的什么话？”衡山此时不知不觉好像在问案的样子。宝章觉得很奇怪。

“他问梦频大概长高了罢？”宝章母亲道：“又问读书很有进步了罢？我说幸亏得着了你这位好先生！”

“你告诉他我的名字吗？”衡山问道。

“对了。我还告诉他你怎么救梦频，你们感情怎么好。”宝章的母亲得意地道。

“他说什么？”

“他说：‘那么……二妹以后算是终身有托了！’我说‘这总算梦频的福气好’，他讲完立刻就要走，我同宝章，怎么也留不住。请他晚上来，他说大概不能来。我想改天他一定会来的。”

衡山默然不语。他问够了，他问得太多了！吃完晚饭，他马上匆匆告别。

三　十

衡山回到住所，大概有十一点钟左右了。

满天的繁星，一个个像钻石般地明亮。白光聚处的银河，也分外地清楚。他不进屋子，只在阶前踱来踱去。

他现在才彻底了解凌华眼痛的原因，与梦频拒绝他的原因了。他从前做梦也没有想到梦频会有其他的情人，他更决没有梦想到梦频的情人就是凌华，就是他的好朋友。他对梦频的思想，性情，品格，曾经观察得非常详细，更由他与梦频接近的经验，他断定梦频一定会爱他的，然而他却没有算到梦频的心早已经赠与他人，早已经赠与他最亲爱的好朋友！

他现在才知道，梦频虽然有爱他的可能，虽然对他很好，然而这不过是感恩与佩服，并没有爱过他，他却完全误解梦频的意思了。

他觉得他很奇怪，怎么会一点也看不出来？这大概是因为他太爱梦频了。爱情使他糊涂颠倒，使他胡乱想像，所以梦频一举一动，对他稍表示好一点，他就以为梦频爱他，其实并没有这一回事。不过要说梦频完全不爱他，好像也不尽然，梦频对他确是有一种渴想接近的倾向，这一点他看得非常明白的，不然，他从前也不会那样的自信了。不过梦频同凌华的关系已经太深了，梦频的品格太纯洁了，太高尚了，哪能轻易转换她的爱情？现在要梦频弃凌华而爱衡山是绝对办不到的事体了。

他十几年坚苦奋勉的生涯，从来没有陷入情网，这次第一回陷入，就逢着满身的荆棘，他真是太不幸了。要是不遇着梦频，他也许没有这些烦恼罢？现在既已经倾心爱一个人了；爱的人又是绝对不能达到目的了；要放下也放不下，要前进也不能前进了。他的心本来很难动，一动以后，他觉得万难收拾。梦频的倩影，已经深深印入他的心头；梦频的一颦一笑，在他记忆中已经永远不能磨灭；这次的失败，给他心上一个很深的创痕，再也医治不好，离开梦频，他只有一条死路，教授生涯，再也过不好了。

他又想到当天下午凌华在旅馆的情形了。凌华真可怜！他明明知道我夺去他的梦频，但是他又不好说。顶滑稽而沉痛的，就是我还向他讲好些爱恋梦频，自鸣得意的话！当时我想他一定非常难受。他哪里是眼睛痛？简直是心裂了！

他抬头望天，天上星斗都闪闪灼灼地在笑他。他忽然愤愤地道："反正凌华太可怜，梦频又不能爱我，我又不能自脱，我也不想再活了。不过与其为爱情而死，到不如为革命而死。中国现在太少肯真正为革命而死的人了。我从前在协和医院，不是说我愿意投身去当一名小兵，持枪打仗，做一个无名英雄吗？当时张老表不是笑我的决心不能永久吗？现在我何不去实行我的主张？南方革命旗帜已经飞扬了，革命志士们，都准备血肉相搏了，我何不改名字去加入革命军？友谊也顾全了，对梦频也尽心了，国家也报答了，我也得着死所了！去，去，革命去！去，去，革命去！"

他登时心胸舒畅，走进屋里去。提笔写一封信给梦频道：

"梦频：在这一封信到你手里时，我已经出北京了。我准备到一个地方去，到一个能够给我牺牲为国的机会的地方去。我不愿意去作一个轰轰烈烈的英雄，因为中国的英雄已经太多了，我只愿意去隐姓埋名地当一名冒险牺牲的小卒，所以以后我死在何时何地，你永远也不会知道，天下后世也不会有人知道了。人生已经疾如飘风，转瞬即逝，功名身世，还有什么可留恋之处？不过亲爱的梦频！我身体虽然死去，我爱你的心是永远不会死去的。因为我爱你太热烈了，你曾经引动了我生命之流，我全部心魂都交给你了。

"要是没有旁的障碍，我也许还觉得人生有留恋的价值，愿意同你享尽人间的艳福，然而现在我知道事实上万万不能了。凌华同你的关系已经深得不能挽回，你绝无弃彼就我之理了。凌华是我的好朋友，他是一个极诚实有为的青年。我希望你们能永远相亲相爱，永远快活，不要以我的牺牲而介意，要是这样，我死也瞑目了。梦频，你是聪明的人，我想你应该懂得我的意思罢？

“别了！梦频，我永远不能忘记的梦频！”

他把信写完，封上，在封面把住址姓名写好。忽然他想到他忘去了一件最重要的事情。他又把信重新拆开，在信尾注道：“凌华现住北京旅馆，他听见说我同你好，他非常悲痛，接信后你应当立刻去看他，不然恐怕发生什么意外。至要！至要！”

他再把信重新封上，把封面写好，预备明天一早叫听差送去。

他虽然吩咐梦频赶快去看凌华，但是他还是不放心。凌华当晚的情景，真是太悲痛了，如果他一时绝望，竟自寻短见，岂不是什么事体都坏了吗？他想顶好还是再寄一封信与凌华，告诉他梦频仍然爱他，叫他去找梦频，然后方才万无一失。

他提笔再写信与凌华道：

“凌华：昨晚我曾向梦频求婚，经她拒绝，后从她母亲口里，始知你所爱的人，就是梦频。梦频并没有爱我，我以前都是误会了。她现在渴望着你，望你立刻去

找她。我现在已决定出京，以后行踪不定，能否再见，均在不可知之数。命运如此，夫复何言？我只有虔诚地祝你们百年幸福了！”

把两封信写完，放在桌上。他开箱捡出一两套衣服，拿了一百块钱，连一些零星用品，共同放在一只手提箱里；好在天气热，用不着被窝，他只带一床毯子。他又在箱里把梦频最近送他修改的一篇英文稿用几层纸封上，拿来放在贴身的衣袋里。

行李收拾好了，他走出户外。空中仍然是满天的繁星，他望着它们长吁一口气，一阵心酸，他第一次为梦频流泪了。

回到寝室，和衣躺在床上，毫无半点睡意。眼睁睁地望着天明。他叫醒听差，把两封信给他，叫他七点钟就亲自送去，要回收条。他提住小箱，拿着毯子，出门叫辆洋车，拉到车站。六点钟的火车，准时地使他离开北京，一直向南去了。

他去后一星期，北京各报都登载北京大学教授许衡山失踪的新闻。

他去后半年，北京各画报又登载留美学生陈凌华同徐梦频女士结婚的照像。

同时南方掀天动地起了革命风潮，中间抛掷了无数的头颅，洒尽了无量的热血，结果报上登出许多轰轰烈烈，手揽大权的伟人像片，和一些歌功颂德的文章。

图书在版编目（CIP）数据

革命的前一幕 / 陈铨著. —北京：中国国际广播出版社，2013.1
（良友文学丛书）
ISBN 978-7-5078-3542-7

Ⅰ. ①革… Ⅱ. ①陈… Ⅲ. ①长篇小说－中国－现代
Ⅳ. ①I246.5

中国版本图书馆CIP数据核字（2012）第265810号

革命的前一幕

著　　者	陈　铨
责任编辑	张娟平　聂福荣
版式设计	国广设计室
责任校对	徐秀英
出版发行	中国国际广播出版社（83139469　83139489[传真]）
社　　址	北京复兴门外大街2号（国家广电总局内）
	邮编：100866
网　　址	www.chirp.com.cn
经　　销	新华书店
印　　刷	环球印刷（北京）有限公司
开　　本	620×920　1/16
字　　数	88千字
印　　张	11.5
版　　次	2013 年 1 月　北京第一版
印　　次	2013 年 1 月　第一次印刷
书　　号	ISBN 978-7-5078-3542-7/I・382
定　　价	37.00元

CRI 中国国际广播出版社
欢迎关注本社新浪官方微博
官方网站 www.chirp.cn

人文阅读与收藏·良友文学丛书

(1)	鲁　迅　编译	竖　琴
(2)	何家槐　著	暧　昧
(3)	巴　金　著	雨
(4)	鲁　迅　编译	一天的工作
(5)	张天翼　著	一　年
(6)	篷　子　著	剪影集
(7)	丁　玲　著	母　亲
(8)	老　舍　著	离　婚
(9)	施蛰存　著	善女人行品
(10)	沈从文　著	记丁玲
	沈从文　著	记丁玲续集
(11)	老　舍　著	赶　集
(12)	陈　铨　著	革命的前一幕
(13)	张天翼　著	移　行
(14)	郑振铎　著	欧行日记
(15)	靳　以　著	虫　蚀
(16)	茅　盾　著	话匣子
(17)	巴　金　著	电
(18)	侍　桁　著	参差集
(19)	丰子恺　著	车箱社会
(20)	凌叔华　著	小哥儿俩
(21)	沈起予　著	残　碑
(22)	巴　金　著	雾
(23)	周作人　著	苦竹杂记　（暂缺）